AF295294

Stalket

og andre kriminoveller

Af samme forfatter

Krimi med Pia Holm & Lars Andersen:
Bedraget (2012)
Bestjålet (2013)
Forblændet (2013)
Forsvundet (2015)
Hævnet (2017)
Skamferet (2018)

Bundet - novellesamling (2013)
Druknet og andre kriminoveller - novellesamling (2015)
Frelst - novellesamling (2016)

Bøgerne og novellerne kan læses uafhængigt af hinanden, da hver enkelt bog
og novelle har et afsluttet plot. Karaktererne udvikler sig dog fra historie til
historie, og derfor giver det mening at læse dem i den skrevne rækkefølge.
For en kronologisk rækkefølge se forfatterens hjemmeside.

Andre titler af samme forfatter

Hvad Du Ønsker (2012)
Genvejen til succes som forfatter (2016)
Fra roer til sukker (2017)

Gittemie Eriksen

Stalket

og andre kriminoveller

Novellesamling

Stalket og andre kriminoveller
Copyright © Gittemie Eriksen 2020
www.gittemieeriksen.dk
Books on Demand GmbH, København, Danmark
Omslag Gribshave Grafisk
Forsidefoto Dreamstime © adrenalina
Korrektur: Thomas Helbig Hansen, Fejlfritekst.dk
Bogen er sat med Georgia
Trykt af Books on Demand GmbH, Norderstedt, Tyskland
1. udgave 2020
ISBN 978-87-430148-9-8

Indhold

Forord

Gribshave, marts 2020

Kære læser

Jeg har samlet en håndfuld kriminoveller, der alle har Pia Holm, Lars Andersen og personalet på politistationen i Nykøbing F. til fælles. Ingen af novellerne har været udgivet før.

De er alle skrevet, så de kan læses selvstændigt, også selv om du ikke har læst kriminalromanerne med retsmediciner Pia Holm og politikommissær Lars Andersen. Du kan hente den første kriminalroman med makkerparret gratis på www.gittemieeriksen.dk, hvor du også kan finde den kronologiske rækkefølge på krimierne.

God fornøjelse!

Gittemie Eriksen

Kollapset

Kriminovelle

Britt Nielsen så ud over stolerækkerne og ledte efter Rune, der havde billetterne til Sommerrevyen. De plejede at sidde på balkonen, men Runes kollega havde lange ben og ville ikke sidde klemt inde mellem de smalle fløjlssæder. Derfor havde hun bestilt på gulvet denne gang. Det var ikke på podiet lige under balkonen, hvor udsynet var bedre, men et par rækker nede. Hendes opmærksomhed blev fanget af et ellers pænt par, der skændtes.

„Jeg sælger ikke," råbte manden, hvorefter den blonde kvinde drejede rundt på de høje hæle og styrtede ned ad trappen, væk fra podiet. Da Britt vendte sig rundt for at finde sin plads, stødte en mand ind i hende. Hun så op og sagde automatisk undskyld, selv om det var ham, der stødte ind i hende, men han så blot brysk på hende under de buskede øjenbryn. Han er nok på arbejde, tænkte Britt, siden han var i blåt arbejdstøj og havde en værktøjskasse med.

"Hey, Britt. Det er herovre!" Rune vinkede op i luften, for at hun skulle få øje på ham.

Hun fik mast sig forbi det par, der sad yderst, og satte sig.

Det havde været en travl tid på arbejdet. Der var opstået tvivl om ellers stålfaste fakta i en sag om fangeflugt, og de havde endnu ikke afsluttet opklaringen af et mistænkeligt dødsfald i et sommerhus på Marielyst, så der havde været meget overarbejde. Alligevel havde hendes leder, politikommissær Lars Andersen, insisteret på, at hun skulle holde tidligt fri i dag, når hun skulle i teatret.

Det var blevet til en årlig tradition at afslutte sommeren med en tur i teatret, og Britt glædede sig særlig meget til at se årets revy, for den havde modtaget flotte anmeldelser og endda en pris. Den sidste måned havde det føltes, som om alle, hun talte med, havde set revyen, så hun glædede sig til at kunne tale med om og citere de sjove vendinger.

Runes kollega, Knut, havde en øl med fra baren og satte sig ved siden af hende.

"Hvor længe er der, til forestillingen starter?"

"Fem minutter. De har ringet ind. Er Janne på vej?"

„Ja, hun var da lige i hælene på mig, da jeg gik fra baren.“ Knut drejede sig rundt i sædet i et forsøg på at få øje på hende.

Britt vinkede, da hun kunne se Janne med et glas hvidvin i den ene hånd og en danskvand i den anden. Janne var altid så kedelig. Drak aldrig, var kræsen og vidste ikke noget om særlig meget, så hun var svær at tale med. Det var udelukkende for Runes skyld, at hun gik med til at følges i teatret sammen med Knut og Janne; hun kunne se, at Rune nød Knuts selskab.

Klokken ringede en sidste gang, netop som Janne rakte Britt glasset med hvidvin. De skålede og så forventningsfuldt op mod scenen, da gardinet blev trukket til side. Da skuespillerne lige var kommet på scenen, lød der et brag bagfra. Britt tænkte først, at det måtte være en del af forestillingen. Støv og savsmuld blæste omkring hende bagfra. Det var først, da folk omkring hende fløj op af stolene og løb mod nødudgangene, mens en eller anden råbte 'bombe!', at Britt famlede efter sin taske, som hun havde skubbet ind under stolen, rejste sig op og fik set bagud. Alt bag hende var kaos. Det så ud, som om det var balkonen, der var styrtet ned. En midaldrende kvinde med hennafarvet hår skreg, som var det hendes opgave at overdøve al larmen fra de flygtende gæster. Britts øjne fulgte kvindens og så, at en mand på samme alder lå klemt inde under den nedstyrtede balkon; kun overkroppen var synlig.

Hun så sig forvirret om efter Rune og de andre, men de var allerede væk, formentlig via nødudgangen. Hun følte sig splittet mellem at følge efter de andre panikslagne gæster, styret af frygten, eller at gøre, hvad hun kunne for at hjælpe de fastklemte gæster, indtil brandvæsnet nåede frem. Da hun fik øje på en yngre mand, der stod og trak i en stolpe for at få en gravid kvinde fri, var der ingen vej tilbage. Hun løb mod strømmen, hen til manden, og hjalp ham med at få kvinden fri.

Da de ved fælles hjælp havde fået stolpen væk, så kvinden taknemmeligt på hende og tog mandens hånd. Det lød, som om de kendte hinanden. Han kyssede hende på panden og forsikrede hende om, at det nok skulle gå.

„Jeg tror, vandet er gået,“ hviskede kvinden. Britt så straks på kvindens store mave, men fik øje på årsagen: et søm fra stolpen havde boret sig ind i kvindens lår og ramt pulsåren. Blodet stod op i en lille fontæne. Britt kastede sig ned på knæ og maste sin håndrod ned i blodet på kvindens lår. Kvinden skreg, men Britt vidste, at det var vigtigt at holde pres på, hvis de skulle redde hendes liv. Manden, der nu også lå på knæ, så så bleg ud, at han kunne besvime hvert øjeblik, det skulle være.

„Hvis du ikke kan tåle at se blod, så kig væk, men giv mig dit slips."

Manden satte sig, så han kun kunne se kvindens ansigt, og trak sit slips af. Britt bandt det så stramt, hun kunne, omkring kvindens lår lige over det blodige sted.

„Hvor bliver ambulancen af?" råbte Britt, men ingen så ud til at ænse hende. „Lad være med at flytte hende, og sørg for, at slipset forbliver stramt. Jeg går ud og får fat i ambulancefolkene, for hun ser ud til at være en af dem, der har mest brug for hjælp." Britt rejste sig og løb over til den fjerneste trappe, der næsten var fri for nedfaldent materiale. Hun gik ud fra, at barområdet ville være fyldt med personale og gæster og måske endda de første ambulancefolk. Stor var hendes overraskelse, da hun så, at hele området var tomt. Øde på en måde, så det var tydeligt, at det var forladt i al hast. Væltede vinglas på de små caféborde, en serviet på gulvet, en flaske vin med en proptrækker i midt på bardisken. Hun fortsatte ned ad trappen til forhallen, men blev mødt af det samme syn: et fuldstændigt øde og forladt område med enkelte væltede stole. Hun løb videre ud mod udgangen, hvor en ung betjent straks trak hende væk fra bygningen.

„Hvad laver I?" råbte hun. „Der er sårede og fastklemte mennesker derinde. Hvorfor er I ikke inde og hjælpe dem?" Hun kunne godt høre, at hendes stemme var ved at nå et hysterisk toneleje. Betjenten skubbede hende om bag en afspærring. Hun mærkede en hånd på sin arm og skulle til at vende sig rundt og slå fra sig. Hun var rasende.

„Britt! Åh, Gud, du er uskadt." Rune omfavnede hende, men hun kunne ikke finde ro i hans favn.

„Der er sårede og fastklemte mennesker derinde. Hvorfor er der ingen, der hjælper dem?"

„De siger, det var en bombe. Måske ligesom den ved Skattestyrelsen. Ingen må gå derind, før bomberydderne har været det hele igennem. Der kan være flere.“

„Hvad? Ofrer de bare alle de mennesker, der sidder fast derinde? Jeg har lige hjulpet en mand med at få sin gravide kone fri, men hun bløder kraftigt. Hun skal have hjælp nu.“

Rune forsøgte at holde hende fast, men hun rev sig løs og løb hen til ham, der lignede indsatslederen. Hun ruskede ham i armen, indtil han vendte sig om.

„De må ikke være her. De skal blive uden for afspærringen for Deres egen sikkerheds skyld,“ sagde indsatslederen med myndig stemme.

„Der er stadig mennesker derinde. Fastklemte, sårede. En gravid kvinde, der bløder. Blodet står op som et springvand fra kvindens lår.“

„Det lyder ikke godt, men jeg skal stadig bede Dem om at holde Dem bag afspærringen. Vi venter på bomberydderne.“

„Hvorfor tror I, det var en bombe?“

„Det kan jeg ikke indvie Dem i.“ Indsatslederen gjorde tegn til et par betjente, der trak hende ud til afspærringen. Hun råbte hele vejen, forsøgte at få indsatslederen på bedre tanker, da hun fik øje på et kendt ansigt, der var på vej hen over afspærringen fra den modsatte side.

„Hey! Jeg kender ham dér. Det er min chef. Lad mig komme over til ham.“ De unge betjente trak på skuldrene og lod hende komme igennem.

„Lars, hvor er jeg glad for at se dig.“ Den høje, slanke politikommissær stak et hoved højere op end de fleste tilstedeværende.

„Hej Britt, hvad laver du i det her kaos?“

„Jeg var i teatret. Sommerrevyens sidste forestilling.“

„Nå ja, det var jo derfor, du skulle tidligt afsted i dag. Så du, hvad der skete?“

„Der er ikke tid til at aflægge rapport nu. Du må få nogen ind og hente resten af gæsterne ud. Der er stadig mennesker, der sidder fastklemt under balkonen, og sårede, der skal i hurtig behandling, hvis de skal redde livet. Du må gøre noget, Lars.“ Hun ruskede ham hysterisk.

„Rolig nu, jeg har ingen beføjelser derinde, før indsatslederen frigiver gerningsstedet.“

„Men hvor mange lig vil de have? Der er stadig mindst tredive mennesker derinde. En gravid kvinde, der bløder voldsomt. Du må gøre noget, Lars.“

Han så på hende, som om han forsøgte at aflæse hende.

„Det skal jeg nok, men først må du fortælle mig, nøjagtig hvad der skete. Hørte du en bombe?“

Hun så sig forvirret om efter ambulancefolk og brandmænd, som hun kunne sende ind efter de mange sårede og tilskadekomne.
Lars tog fat om hendes overarme og holdt hendes blik fast.

„Britt, tænk dig om. Hvad så du? Hvad hørte du?“

„Der kom et højt brag...“

„Som fra en bombe?“

„Nej, nej, det tror jeg ikke. Det kom samtidig med, at der kom et stort vindpust med støv, da balkonen ramte gulvet.“

„Og du er sikker på, at det var samtidig? Var der ikke et andet brag, før balkonen faldt ned?“

„Nej, det er jeg sikker på.“

„Hvor sikker?“

„Helt sikker.“

„Godt, bliv her.“ Lars gik hen til indsatslederen. De talte sagte sammen, så Britt kunne ikke høre, hvad de sagde, selv om hun forsøgte. De så begge alvorlige ud. Et øjeblik efter gik Lars og indsatslederen ind gennem glasdørene. Indsatslederen gav alle andre besked på at blive væk og holde afstand til bygningen. Britt ville løbe efter dem. Tilbyde sin hjælp, men de to samme unge betjente var hurtige til at tage fat i hende og fik hende gennet over til Rune.

„Hvad laver du, skat?“ spurgte han. Bekymringsfuren mellem hans øjne var dyb.

„Der er stadig mennesker derinde. Vi må få dem ud.“ Hun så fortvivlet mod døren og tænkte på den blødende gravide kvinde.

Få minutter senere kom Lars og indsatslederen ud ad døren sammen med den nu bevidstløse gravide kvinde og hendes mand. Han holdt stadig på kvindens blodige lår, mens Lars og indsatslederen bar kvinden imellem sig. Den gravide kvinde og hendes mand var ude, men Britt kunne ikke lade være med at tænke på de mange andre, der sad fastklemt i salen.

„Kom, skat. Vi er bare i vejen her. Lad os komme hjem, så de kan få arbejdsro," sagde Rune og trak i hende. Men Britt skulle ikke hjem. Under ingen omstændigheder.

Allerede ude på gangen kunne han fornemme, at der var travlt på afdelingen, så det undrede ham ikke, at han dårligt blev bemærket, da han listede sig ind gennem døren til stuen. Hans første spørgsmål til afdelingens retsmediciner var, hvor mange dræbte der var efter ulykken på teatret, men det kunne han selv tælle nu: tre stålborde stod på række med en livløs krop på hver. Retsmediciner Pia Holm var i fuld gang ved det forreste bord. Lars trak et par handsker ved vasken og gik hen til stålbordet.

„Det er dem fra teatret?"

„Hej Lars. Ja, tre styk har vi fået ind i nat. Hvad fanden er der sket?" spurgte Pia.

„Balkonen faldt ned. Mange tilskadekomne."

„Ja, jeg hører i min øresnegl at de måtte køre i pendulfart til Køge og Slagelse hele natten på grund af overbelægning her." Pia afleverede et prøveglas til sin assistent.

„Kan akutmodtagelsen ikke klare en ti-tyve indlæggelser?"
Pia lo. „Har du nogensinde været forbi en fredag aften?" Hun nikkede til Sam, den retsmedicinske assistent, og lod hende komme til, mens hun selv gik over til vasken og skiftede handsker. „Sam, vil du fortælle Lars navnet på vores ofre?"

„Den første er Mogens Broberg Thomsen, 49 år. Den næste er Tanna Elkjær, 53 år." Sam pegede hen på whiteboarden, ned på en afdød og tilbage igen for hvert navn, hun nævnte. „Og på vinduespladsen har vi Per Dyhr Nielsen, 72 år."

„Tak, Sam," svarede Lars. „Hvad kan I sige om dødsårsag?"

„Jeg har ikke det toksikologiske klar, men skaderne på deres kroppe stemmer overens med den ulykke, du beskriver. Tanna fik en bjælke ned over brystkassen. Klemt ihjel. Mogens fik balkonen i hovedet. Rygraden knækkede. Per var lidt mere kringlet, for der var ikke umiddelbart så meget at se på ham, men på scanningen kunne vi se flere traumer i hoved og brystregion, så også klemt ihjel. Vi kunne godt stoppe dér, men fordi det er så stor en ulykke, tager vi den helt store omgang, så du får blodprøver, hårprøver, fuld obduktion. Jeg regner med, at vi er færdige i løbet af i morgen. De sidste resultater om cirka tre dage."

Sam kom kørende med de mere voldsomme redskaber på et lille rullebord. Den del var han helst fri for at deltage i.

„Jeg tror bare, jeg smutter tilbage til stationen," sagde Lars og trak handskerne af.

„Vil du ikke styre Stryker-saven i dag?" lo Pia, da hun kunne se, at han nærmest flygtede ud af stuen. „Politifolk har da heller ingen humor mere."

Selv om Lars også havde bedt hende om at tage hjem, var hun taget direkte ind på politistationen og havde startet indsamlingen af oplysninger: gæsteliste fra teatret, vagtskema og kontaktoplysninger på medarbejdere og skuespillere på scenen. Det var sådan noget, hun kunne og var god til. Ikke at stå midt i kaosset og skulle holde folk i live eller se på kvæstede. Det var retsmedicineren og efterforskernes job. Hun kunne sikre, at der var navne på alle, så de pårørende kunne blive kontaktet. Lars Andersen var på retsmedicinsk afdeling nu for at få dommen over, hvor mange liv den kollapsede balkon havde kostet. Hun ville have så mange fakta klar til ham som muligt, når han kom tilbage. Det havde taget over en time, før bygningen var blevet frigivet, som bombeholdet kaldte det, og ambulancefolkene kunne komme ind og redde de mange sårede. Politiassistent Ulla Larsen havde været ved teatret, mens de fik folk ud, og havde talt, hvor mange der var kørt afsted i ambulancer. Otte hårdt kvæstede, ti med lettere skrammer, og så var der de døde, der endnu ikke var bekræftet.

Britt fyldte nylavet kaffe på termokanden, da Lars kom op ad trappen med et mat udtryk i øjnene.

„Hvor slemt er det?" Hun skruede låget på kanden og gjorde

kaffemaskinen klar til at brygge endnu en kande.

„Tre.“ Hans stemme lød ru og livløs. „Der er tre døde.“ Han fortsatte direkte ind i mødelokalet. Politiassistenterne Ulla Larsen og Leif A. Jensen fulgte lige i hælene på ham. „Britt, har du fået fat i nogle gæstelister?“ Lars tog sin frakke af og smed den over en ledig stol.

„Ja, jeg har dem lige her.“ Hun satte termokanden fra sig og begyndte at bladre i bunken på bordet. Hun havde printet alle lister ud i tre eksemplarer. Gæstelisten lå nederst.

„Vi har identificeret de dræbte fra de ting, de havde på sig. Pung, mobil og, for en enkelts vedkommende, visitkort. Det er en Per Dyhr Nielsen, en Tanna Elkjær og en Mogens Broberg Thomsen; kan du finde dem på listen?“ Han satte sig ned og skænkede kaffe i sit krus, mens Britt løb listerne igennem.

„Ja, Tanna Elkjær sad på balkonen, mens de to andre begge sad på podiet under balkonen.“ Hun skrev straks deres navne på et stykke papir og satte det op på tavlen, som de brugte til at skabe et overblik over hændelserne. Også selv om der ikke lå en kriminel handling bag ulykken.

„Jeg talte med brandinspektøren på vej herhen. Han siger, at det tyder meget stærkt på, at der var tale om sabotage.“

„Sabotage?“ gentog Leif og var ved at spilde kaffe på sin skjorte.

„Ja, en bevidst handling, der skulle få balkonen til at styrte ned. Han var ret sikker i sin sag, for det var blot en uge siden, han havde brandeftersyn på teatret, og dér kontrollerede han også den generelle sikkerhed. Noget med, at de store skruer, der holder balkonen, manglede, da han gennemgik gerningsstedet i nat. Efterforskningen skifter dermed status fra en ulykke til drab. Det betyder, at vi skal have talt med alle pårørende til de dræbte.“

„Hvad med til de kvæstede?“ Ulla havde rejst sig og stod foran tavlen, hvor hun pegede på den seddel, hvor Britt havde skrevet 10 kvæstede, 8 sårede.

„Ikke i første omgang. Vi må starte et sted,“ sukkede Lars.

En uge og meget få timers søvn senere var de ikke kommet nærmere en opklaring. Det virkede ikke til, at der var noget motiv for at dræbe nogen af de døde. Én var pensioneret dyrlæge, en anden var hjemmehjælper uden særlig meget familie, og den sidste var børnebibliotekar med en sund økonomi. Ingen af dem havde udeståender med familiemedlemmer, naboer eller venner. De var med andre ord kørt fast.

„Jeg synes, vi skulle tage et kig på de tilskadekomne. Har vi et overblik over, hvem de er?" spurgte Ulla og forsøgte at skjule et gab.

„Ja, listen hænger på tavlen," sagde Britt. „Vi har haft en praktikant i denne uge, og jeg tillod mig at bede ham om at afsøge de sociale medier efter billeder fra gerningsstedet og beskrivelser af ulykkerne, så vi har også ansigter på de fleste – hvis han fik sat de sidste billeder op. Hugo?" Britt kaldte ud ad døren, og praktikanten kom straks ilende fra kopirummet.

„Jeg har de sidste billeder her. Må jeg sætte dem op?" Han så ivrigt op på tavlen. Britt nikkede.

„Atten personer; det er mange at undersøge," sagde Leif, mens de alle nærmede sig tavlen for at tage praktikantens arbejde i øjesyn.

„Ja, men måske kan vi starte med nogen, der kunne have noget på spil." Lars pegede med sin kuglepen på et navn på listen. Mik Skovmand.

I det samme satte praktikanten et billede ud for navnet. Det var ham, hun havde set skændes med en kvinde, lige før forestillingen gik i gang. Lige før braget.

„Er du okay, Britt?" Lars trak en stol ud og hjalp hende ned at sidde. „Du er helt bleg."

„Hvem er Mik Skovmand?" spurgte Ulla.

„Mik Skovmand? Skovmand Reservedele? Stor virksomhed nede ved Nysted. Der har stået en masse om den i avisen på det sidste," svarede Leif. „Noget med, at den har modtaget et tilbud fra en stor kinesisk virksomhed, der ønsker at købe den."

„Jeg tror, det er ham, der var målet for ulykken," hviskede Britt.

„Hvorfor tror du det?"

„Lige før det skete, så jeg, at han skændtes med en kvinde. Han sagde noget med, at han ikke ville sælge. Jeg sælger ikke, sagde han. Kvinden så vred ud. Hun styrtede ud af teatret lige inden. Det var, lige inden klokken ringede sidste gang om, at forestillingen begyndte.

„Vi må hellere tale med Mik Skovmand og finde ud af, hvem der kan have motiv til at dræbe ham." Lars nikkede anerkendende mod Britt og praktikanten.

Det var sjældent, Britt Nielsen fik lov til at forlade sit skrivebord på politistationen, hvor hun var ansat som sekretær, og hun havde aldrig før været med ude, når vidner eller familie skulle afhøres. Men på grund af hendes initiativ havde både hun og praktikanten, Hugo, fået lov til at komme med til Nysted for at tale med Mik Skovmand. Det var en blond kvinde sidst i fyrrerne med et velplejet ydre, som åbnede døren. Kunne det være hende, der havde talt med Mik Skovmand kort før ulykken? Britt var ikke sikker.

„Dav. Politikommissær Lars Andersen. Vi talte kort sammen i telefonen?" Lars holdt sit politiskilt frem mod kvinden.

„Selvfølgelig. Kom ind." Hun åbnede døren helt og så på Britt og Hugo.

„Det er Britt og Hugo. De assisterer mig i sagen."
Kvinden nikkede og ledte dem ind i en stor vinkelstue med åben pejs og udsigt over fjorden. En koglelampe over sofabordet og Georg Jensen-sølvlysestager afslørede, at husstandsindkomsten var over gennemsnittet.

„Må jeg byde jer på en kop kaffe?"

„Ja tak, gerne," svarede Lars og gik hen til de store panoramavinduer. „Skøn udsigt."

„Ja, selv om vi har boet her i mange år, bliver vi aldrig trætte af den," svarede hun på vej ud mod køkkenet.

Britt lod blikket glide hen over familiebillederne på væggen. To smilende drenge var afbildet i forskellige aldre. På de nyeste var de store teenagere. Hun standsede ved billedet, der hang over det væghængte B&O-anlæg og vinkede Lars nærmere. Hun pegede på kvinden i midten af billedet. På hendes højre side stod Mik Skovmand og på venstre side en lidt yngre mand.

„Det var hende, der skændtes med Mik Skovmand i teatret," hviskede hun til Lars.

I det samme kom fru Skovmand ind i stuen med en bakke.

„I kan bare begynde, mens jeg henter Mik. Han har ikke helt fundet ud af det med kørestolen endnu.“

„Kørestol?“

„Ja, en bjælke ramte hans ryg. Han er blevet lam i benene.“

„Det gør mig ondt.“

„Ja,“ svarede hun og gik hen mod værelsesgangen.

„Undskyld, fru Skovmand, men hvem er det på billedet sammen med Mik?“

Hun vendte sig om og kastede et hurtigt blik på det billede, Britt stod ved. „Det er hans søskende. Merete og Mads.“

„Merete Skovmand,“ sagde Britt for sig selv, mens de satte sig i de lyse sofaer.

Hugo var hurtig på fingrene, og på sin mobil havde han fundet Merete Skovmands facebookprofil, inden Mik Skovmand kom trillende ind i den klodsede kørestol. Britt genkendte den pæne mand fra teatret.

„Der kommer en konsulent i morgen og tager mål til en ordentlig stol og laver en vurdering af, hvad der skal ændres i vores hjem, så Mik kan blive mere selvhjulpen. Er det ikke det, det hedder, skat?“ Fru Skovmand trillede sin mand hen til sofabordet. Han gryntede et eller andet uforståeligt. Britt mærkede en kold fornemmelse på ryggen ved tanken om, at det kunne have været Rune, der sad i kørestol efter den fatale teatertur.

Lars lænede sig frem og rakte ham hånden.

„Politikommissær Lars Andersen, og det er mine assistenter, Britt og Hugo.“

Mik Skovmand klemte hans hånd og nikkede mod Britt og Hugo. Britt bemærkede, at Hugo rankede sig, da Lars kaldte ham sin assistent. Det var også lidt af et scoop for ham at komme i praktik, netop som de fik sådan en sag ind, hvor der var masser af interessante opgaver, og han endda fik lov at være en del af opklaringen.

„Mik, vi er her for at forsøge at finde en årsag til, at nogen kan have gjort sig den anstrengelse at få balkonen i teatret til at styrte ned under netop denne forestilling.“

„Styrte ned? Jeg troede, det var en ulykke? Det fik vi da at vide på sygehuset. Mine advokater er i gang med at lægge sag an mod kommunen, der ejer bygningen.“

„Den del skal jeg ikke blande mig i, Mik, men der er en del, der tyder på, at der var tale om bevidst sabotage, og vi tror, at du kan have været det tiltænkte mål.“

„Mik?“ Fru Skovmand så forfærdet på Lars og tog sig til ansigtet. „Men hvem skulle da ville Mik ondt?“

„Ja, det er jo det, vi gerne vil vide,“ svarede Lars. „Hvad med Merete Skovmand?“

En time senere sad Lars og Ulla i forhørslokalet sammen med Merete Skovmand, mens Hugo og Britt trykkede næserne flade mod ruden i det tilstødende lokale, hvor de kunne høre alt, hvad der blev sagt.

„Synes du, hun ligner en morder?“ spurgte Hugo.

„Hvordan ser en morder ud? Jeg tror ikke altid, det er noget, man kan se på folk,“ svarede Britt og lagde armen omkring den unge praktikant. „Du er rigtig god til det her efterforskningsarbejde. Jeg håber, du har fået lyst til at fortsætte.“

Hugo nikkede ivrigt. På vej hjem i bilen havde han fortalt, hvad han havde fundet på Merete Skovmands facebookprofil. Hun havde skrevet, at der var en god chance for, at hun ville komme til en masse penge, og der var lagt billeder ud på hendes instagramkonto af rejser, hun ville på, og af den Maserati, hun altid havde ønsket sig.

„Hvor skulle alle disse penge komme fra?“ hørte de Lars spørge på den anden side af glasset.

„Virksomheden.“

„Skovmand Reservedele? Er der så mange penge i at producere reservedele til biler?“

Hugo havde læst op fra virksomhedens hjemmeside, der fortalte, at virksomheden var grundlagt af Mikael Skovmand i 1973 og primært producerede reservedele til større tyske bilmærker.

Merete Skovmand nikkede. „Vi har fået et tilbud. En kinesisk virksomhed vil opkøbe os.“

„Ja, det så jeg i avisen, men jeg kunne også forstå på udtalelserne fra virksomhedens direktør, Mik Skovmand, at det ikke kom på tale. Var det derfor, du skændtes med din bror?"

„Det... Vi er tre ejere, og Mads og jeg ønsker at sælge. Mik kommer nok også på bedre tanker." Hun knugede sine hænder så hårdt, at knoerne blev hvide.

„Ulykken, var det for at få Mik på bedre tanker?"

„Ulykken? Jeg er ikke med."

„Vores teknikere har fundet ud af, at det, der lignede en ulykke, da balkonen styrtede ned på teatret, ikke var en ulykke, men bevidst sabotage. Har du nogen idé om, hvem der kunne have gjort det?"

„Sabotage?"

„Ja, sabotage. Kan du få øje på det mistænkelige i dét? Du skændes med Mik, der ikke vil sælge virksomheden og gøre dig rig, du forlader teatret, og bang, så falder balkonen ned i hovedet på ham. Kan du se, hvor jeg vil hen?"

Hun nikkede tøvende. „Men du tager fejl. Det giver ikke mening. Jeg var jo også i teatret. Den kunne lige så godt være styrtet ned i hovedet på mig." Tårer begyndte at strømme ned ad hendes kinder, og hun så sig om efter noget at tørre dem væk med, men brugte så ærmet på sin tynde skjortebluse.

„Ja, bortset fra, at det gjorde den ikke, for du forlod teatret. Men dit navn står på gæstelisten, og det giver dig et udmærket alibi, ikke sandt?"

„Det her vil jeg ikke finde mig i. Jeg vil ikke finde mig i at blive talt til på den måde." Hun rejste sig så hurtigt op fra stolen, at den væltede. „Er jeg sigtet for noget?"

„Nej, ikke endnu. Du er fri til at gå."

„Godt. Hvis du eller dine kollegaer har flere spørgsmål, kan I tale med min advokat." Hun stormede ud af lokalet på nøjagtig samme måde, som Britt havde set hende gøre det i teatret.

Britt sov uroligt den nat, selv om hun manglede mange timers søvn og godt kunne bruge en dyb og rolig nat. Billeder og lyde fra den aften i teatret blev ved med at vise sig i hendes drømme, der fik mere og mere form af mareridt. Da hun i drømmen stødte ind i manden i det blå arbejdstøj, satte hun sig op i sengen med et skrig. Der havde ikke stået nogen håndværkere på listen over personale, der var på vagt denne aften.

„Er du okay, min skat? Drømte du om ulykken igen?“ Rune satte sig sløvt op i sengen og lagde en hånd på hendes arm.

„Ja, undskyld jeg vækkede dig. Det var ikke en ulykke. Det var drab.“ Hun rakte ud efter sin mobil på natbordet, stak i sine tøfler og gik ind i stuen. Hun trak døren til, før hun ringede Lars op. Han svarede søvndrukkent efter tre ring.

„Lars? Jeg tror, jeg ved, hvem morderen er.“

Klokken var blot syv om morgenen, da hele holdet igen var samlet omkring det ovale konferencebord i mødelokalet. Britt fortalte endnu en gang om hændelsen i teatret, da hun havde ledt efter sin plads, og viste sine kollegaer, at ingen håndværkere, viceværter eller lignende var på vagt denne aften. Teaterdirektøren blev derfor tilkaldt, så Britt kunne beskrive den mand, hun havde set, for ham.

„Vi har ingen ansatte, der ser sådan ud,“ svarede teaterdirektøren, før han beklagede sig over alle de søgsmål, teatret havde modtaget fra tilskadekomne og deres familier. „Vi mister mange penge hver eneste dag, fordi vi har måttet aflyse hele efterårets program.“

„Det kan jeg kun beklage,“ svarede Lars. „Men netop derfor må det også være i din interesse at hjælpe os med opklaringen. Kender du en mand, der ser ud, som Britt beskriver?“

Teaterdirektøren rystede på hovedet.

„Britt, vi må have fat i en tegner.“

Det tegnede ansigt, der var farvelagt, så de buskede bryn og det brune hår var tydeligt, havde ikke bragt dem videre. Gennemgangen af tidligere straffede gav intet. Politichefen gav dem derfor lov til at offentliggøre tegningen, mod at de skrev, at vedkommende var eftersøgt som vidne, ikke som mistænkt.

„På grund af teledatasagen har vores jurister rigeligt at se til. Vi har ikke brug for flere sagsanlæg," erklærede politichefen på vej ud af mødelokalet, hvor Britt og Lars havde gennemgået sagen med ham.

Der gik ikke mange timer, efter at billedet var blevet bragt på de landsdækkende og lokale mediers hjemmesider, før telefonerne begyndte at kime. Fra hele landet var der folk, der påstod, at de genkendte manden på billedet. I beskrivelsen havde de dog udeladt et vigtigt faktum: mandens højde. Derfor kunne politifolkene ved telefonerne hurtigt udelukke de fleste af de henvendelser, de modtog. Flere af henvendelserne samlede sig om en vicevært fra Maribo.

Klokken 11.38 bankede Lars på døren til en serviceafdeling i Maribo, som foretog småreparationer og vedligeholdelse af et større boligområde. To mænd sad i halvmørket i kælderlokalet ved et bord med madpakker foran sig, da Lars og Leif trådte ind.

„Velbekomme."

„Tak, hvad kan vi hjælpe jer med?"

„Vi er fra politiet." Lars nåede ikke at sige mere, før den yngste af de to mænd rejste sig så hurtigt op, at han væltede sin kaffekop og forsvandt ud ad døren mod baglokalet. „Er der en udgang fra baglokalet?" spurgte Lars den anden vicevært, der sad med en leverpostej-klap-sammen-mad i hånden og så ud, som om han ikke forstod, hvad der foregik.

„Øh, ja. Der er en trappe op til lejlighedernes trappeopgang og direkte ud."

„Tak, og undskyld vi forstyrrer midt i maden," svarede Lars og vinkede Leif ud ad døren, mens han selv optog forfølgelsen ind i baglokalet.

Leif tog imod den flygtende vicevært foran indgangen til trappeopgangen og var ved at lægge ham i håndjern, da Lars kom op ad trapperne fra kælderen.

„Du har et forklaringsproblem, unge mand," sagde Lars, mens Leif skubbede ham over mod deres bil.

Britt nikkede anerkendende, da Leif kom trækkende med viceværten ind gennem politistationen til forhørslokalet.

„Det er ham. Uden tvivl."

Lars smed bunken med billeder af kvæstede kroppe på bordet foran viceværten, der hed Tom Slokowsky.

„Hvorfor skulle alle disse mennesker have ødelagt deres liv, Tom?"

Tom Slokowsky så stift på Lars. Han nægtede at se ned på billederne. Lars begyndte i stedet at opremse navnene på først de døde og så de kvæstede.

„Kendte du nogen af dem, Tom?"

Han rystede på hovedet og skævede ned til billederne, men så hurtigt op igen.

„Hvad lavede du i teatret lørdag for to uger siden?"

„Jeg kommer ikke så fine steder."

Lars lænede sig tilbage i stolen og studerede Tom. Var han en forsmået arbejder, der var sur på overklassen? Syntes han, at de rige skulle straffes? Lars rystede let på hovedet ad sig selv. Nej, det gav ikke mening. Teatrets revy var så folkelig, at der formentlig havde været lige så mange arbejdere som direktører til stede under forestillingen.

„Det ved vi, at du gjorde, Tom. Vi har vidner, der har set dig. I arbejdstøj på gerningsstedet. Sagen mod dig er sådan set sikker nok, uanset om du indrømmer eller ej. Det er kun af venlighed, vi gerne vil høre din side af historien.

Tom Slokowsky skulede til Lars, lagde armene over kors og proklamerede, at han ville have en advokat.

Lars stirrede på billedet af de tre søskende, Merete, Mads og Mik Skovmand. Mistanken havde hurtigt samlet sig om Merete Skovmand på grund af skænderiet med Mik lige før forestillingen, hvor hun havde forladt teatret. I bekvem afstand af ulykken. Men det tydede på, at han havde koncentreret sig om den forkerte Skovmand.

Mads Skovmand havde ikke været til stede den aften, men det var ham, Tom Slokowsky havde udpeget.

„Manden ville betale mig 50 af de store for at skrue et par møtrikker ud en lørdag aften. Hvorfor skulle jeg ikke sige ja til det?“ havde Tom endelig sagt under tilskyndelse fra sin advokat og en aftale med anklageren om nedsat straf, hvis han udleverede bagmanden.

Det var ikke svært at få øje på Mads Skovmands motiv: Begge hans søskende havde været til stede i teatret, begge kunne være blevet dræbt under den nedstyrtede balkon og efterladt ham som eneejer af Skovmand Reservedele. Fri til at sælge den virksomhed, han ikke gad beskæftige sig med, til de interesserede kinesere, der formentlig ville skumme fløden, trække patenterne til Kina og lukke den danske virksomhed. Lars forstod godt, at Mik var imod salget som den eneste af de tre ejere, der reelt interesserede sig for virksomhedens ve og vel. Og ikke mindst de 47 ansatte, der ville stå uden arbejde i morgen, hvis hans søskende fik lov at bestemme. Heldigvis havde Mikael Skovmand, deres far og virksomhedens grundlægger, været forudseende nok til at få nedskrevet i sit testamente, at alle tre ejere skulle være enige, før der kunne foretages større dispositioner af betydning for virksomhedens fremtid. Derfor havde Miks nej kunnet blokere for salget, selv om Mads og Merete ønskede at sælge.

„Hvordan gik afhøringen?“ Britt lænede sig op ad dørkarmen og så på Lars.

„Vi har ham nu.“

„Tom Slokowsky?“

„Bagmanden. Ham, der betalte Tom for at udføre det beskidte arbejde.“

„Hvem?“

Lars prikkede med en finger på billedet af de tre søskende.

„Mads Skovmand.“

„Mads? Hvorfor Mads?“

„Penge.“

„Men har han ikke rigeligt med penge? Han ser da ikke ud til at mangle noget, når jeg ser på hans facebookprofil.“

„Er det ikke altid sådan, det er? Dem, der har rigeligt, vil have mere? Grådighed?“

Britt vendte sig om, da hun hørte postyr på trappen. Lars trådte hen ved siden af hende, da Leif og Ulla kom op ad trappen med Mads Skovmand i håndjern.

„Der er tale om en misforståelse. Jeg finder mig ikke i sådan en behandling,“ klagede Mads Skovmand, mens de skubbede ham foran sig hen mod afhøringslokalet.

„Hvor kendte han viceværten fra?“ spurgte Britt.

„Vil du gætte?“

„Jeg aner det ikke. Har Tom Slokowsky arbejdet i Skovmand Reservedele, før han blev vicevært?“

Lars rystede på hovedet.

„Nej, det viser sig, at Mads Skovmand har en elskerinde i den boligblok, Tom Slokowsky servicerer.“

„Av, så mister Mads Skovmand nok mere end sin frihed.“

„Ja, især når konen hører, at han har en søn med elskerinden.“

„Hvor gammel er sønnen?“

„Ti.“

„Av for den, da.“

„Nå, nu du er færdig med at lege kriminalbetjent, kunne du så bestille noget mere kaffe?“

Hun smilede og nikkede, fuldt ud bevidst om sin plads bag skrivebordet som afdelingens praktiske blæksprutte.

Gittemie Eriksen

Myrdet

Novelle

Britt havde glædet sig siden sin fødselsdag, hvor hendes mand havde givet hende en billet til krimimessen i Horsens, men hun havde ikke haft nogen forudanelser om, at besøget ville blive så spændende. Hun skulle derover med en bus, arrangeret af det lokale bibliotek, så hun havde været tidligt oppe. Mødet med en flok kvinder, der elskede krimier lige så meget som hun, havde straks fået hendes morgengnavenhed til at forsvinde.

På vej ind i bussen havde der været skubben og masen. En gråhåret, spinkel kvinde stødte ind i en kraftigere kvinde foran Britt og bandede.

„Når man kommer i vejen for andre, så slår man sig," lo den spinkle kvinde og maste sig forbi Britt og den anden kvinde, som Britt endte med at komme til at sidde ved siden af.

„Jeg får sgu et stort, blåt mærke efter den idiot," sagde kvinden, der viste sig at hedde Betina Vesterby og kun læste svenske krimier. Hun glædede sig til at møde Mari Jungstedt og havde underholdt Britt helt til Korsør om hovedpersonerne, Anders Knutas og Karin Jacobsen. Britt havde selvfølgelig også læst nogle af den svenske forfatters bøger, men efter hendes mening havde den danske krimilitteratur masser at byde på og pondus nok til at udkonkurrere den svenske, men det sagde hun selvfølgelig ikke til hende, selv om hun efterhånden havde lyst til at kværke Betina, så hun kunne slippe for at høre på hendes knævren.

Britt havde småblundet hen over Fyn, så hun var frisk, da de steg ud af bussen foran Fængslet i Horsens, hvor Krimimessen blev holdt. Det vrimlede med biler, busser og forventningsfulde ansigter alle vegne, og køen gennem billetteringen var lang. Britt havde allerede krydset af hjemmefra, hvad hun skulle se, og på et løst ark havde hun skrevet en liste, så hun kunne se, hvornår hun skulle forlade Magasinet og bevæge sig over i Snedkeriet. Der var mange scener at holde styr på, og hun skulle jo nødigt gå glip af noget.

Britt var godt tilfreds med den plads, hun havde fået ved rød scene, og smilede, da hun så krimiforfatterne træde op på scenen. I det samme lød en mekanisk stemme i højtaleren:

"Der er opstået en situation, der gør det nødvendigt at forlade bygningen."

Hun så sig omkring, men alle så lige så forvirrede ud som hende. Ingen rejste sig, før stemmen lød igen. "Der er opstået en situation, der gør det nødvendigt at forlade bygningen." Britt rejste sig modvilligt og så sig omkring. Alle bevægede sig mod udgangen eller den port, der var blevet åbnet for enden i bygningen. Tredje gang den mekaniske stemme gentog meddelelsen, gik Britt ud gennem porten, og i det samme lød der et højt skrig. Britt vendte sig om, og det, at hun stod stille, skabte straks prop i porten. Det var Betina Vesterby, der havde skreget. Hun nåede at se en mørkhåret kvinde falde om, og hun ville være blevet stående for at se, om det var én fra hendes selskab, men menneskemængden skubbede hende ud.

„Hvad skete der?" råbte Britt. „Jeg tror, der er én, der har brug for hjælp."

„Gå nu bare," var der én, der vrissede bag hende.

Da alle stod stille omkring hende, maste hun sig tilbage til porten og så, at tre personer med Krimimessens karakteristiske veste stod bøjet over en krop.

„Hvad er der sket?"

„Hun faldt om. Kender du hende?"

Britt gik nærmere og kunne nu se, at det var Betina Vesterby, hendes irriterende busmakker.

„Ja, vi ankom med samme bus. Jeg hørte hende skrige, da vi var på vej ud."

„Det ser ud, som om hun er blevet myrdet." En bibliotekar i Krimimesse-påklædning pegede på den dolk, der stak ud af ryggen på Betina Vesterby.

Fængslet var lukket ned. Alle udgange var låst og lukket, og kun politiet havde fået lov til at komme ind. Krimigæsterne var blevet gennet sammen i Snedkeriet og i fængselsgården, men en let regn skabte sure miner, så alle fra fængselsgården fik lov at komme ind på fængselsmuseet, hvor de kunne hvile benene i en af de mange celler. Britt havde ondt af de politifolk, der skulle forsøge at skabe overblik over flere tusinde gæster, men tænkte, at de trods alt også var heldige, for de vidste, at morderen skjulte sig her et sted. Hun kom i tanke om noget, hendes leder, Lars, engang havde fortalt til et opsamlingsmøde: At gerningsmanden ofte ville være at finde i mængden af tilskuere, for han ville have behov for at få bekræftet, at hans offer virkelig var død. Hun stod selv blandt tilskuerne, fordi politiassistenten havde bedt hende om at holde sig i nærheden, når hun kendte ofret. Britt havde forsøgt at ringe til deres turleder, men hørte kun „der er i øjeblikket ingen forbindelse til telefonen," hver gang hun prøvede. Hun havde også bemærket, at der var dårlig dækning mange steder mellem de massive, gule murstensmure. Hun fik øje på én, der også havde været med deres bus. Tove, hed hun vist. Hun kaldte på hende, men den spinkle kvinde med det grå hår lod, som om hun ikke hørte hende, så hun maste sig over til hende.

„Hedder du ikke Tove?"

„Hva'?"

„Vi kom med samme bus. Vil du prøve at ringe til vores turleder Lene? Jeg kan ikke komme igennem til hende."

„Hvorfor skulle jeg så kunne?" vrissede Tove.

„Jeg tror, hun var med i den gruppe, der blev sendt over i fængselsmuseet. Vil du ikke prøve at finde hende?"

„Det kan du selv gøre."

„Jeg må ikke forlade stedet her. Politiet har bedt mig om at holde mig i nærheden, fordi jeg ved, hvem den myrdede er."

„Er det da én, du kender?"

„Ikke rigtigt, men vi sad ved siden af hinanden i bussen. Vil du finde Lene?"

„Nej, jeg bør også blive i nærheden; jeg var med samme bus."

Britt fnyste irriteret og vendte sig mod gerningsstedet. Et par betjente havde afmærket stedet med minestrimmel, og stolene, der før havde stået i pæne rækker foran rød scene, var skubbet til side, så der var bedre gulvplads. Der var smidt et alutæppe over liget, men hun lå stadig på samme sted, som hun var faldet om. Britt prikkede politiassistenten på skulderen og spurgte, om det var i orden, at hun lige fandt deres turleder, der havde listerne over alle på bussen. Efter at hun havde afleveret navn, adresse og mobilnummer, fik hun lov til at lede efter Lene.

Da hun kom uden for Magasinet, kunne hun se, at en ambulance var på vej ind gennem porten. Først en halv time senere lykkedes det hende at lokalisere en lille gruppe fra bussen, og blandt dem stod Lene, bibliotekaren, der var deres turleder.

„Lene!“

„Britt, har du ledt efter os? Ved du, hvad der er sket, siden programmet er blevet stoppet midt i det hele?“

„Ja, desværre. Det er Betina Vesterby, hende, der sad ved siden af mig i bussen. Hun er død.“

„Død? Hjertestop?“

„Nej, dræbt, ser det ud til.“

Der gik et gib gennem flokken, og alle maste sig tættere på Britt med store øjne og halvåben mund.

„Et mord her på Krimimessen? Det er næsten for vildt, ikke?“

„Tror du ikke bare, det er en gimmick?“

„Nej, jeg så hende.“

„Fuck!“

„Ja. Lene, politiet vil gerne tale med dig.“

Lene nikkede og maste sig efter Britt med de andre kvinder i en hale efter sig. Ingen ville gå glip af årets mord, og hvilken historie ville det ikke være at fortælle i læseklubberne, når de kom hjem. „Jeg var der, dengang der var en kvinde, der blev dræbt på Krimimessen.“ „Var du? Wauw!“ Britt skændte på sig selv for at tænke sådan. Det var en kvinde af kød og blod, der var blevet dræbt; ikke en opdigtet krimi fra bibliotekets hylder.

I ægte the show must go on-ånd havde krimiforfatterne valgt at genoptage programmet på de scener, der ikke lå i Magasinet. Bibliotekarerne fra Horsens Bibliotek var blevet enige med politiet om, at det var fornuftigt, siden ingen måtte forlade det afspærrede fængsel. Britt følte sig ikke i stand til at sætte sig ind på en bænk og lytte til en opdigtet krimi, når der foregik en ægte, hvor hun endda kendte hovedpersonen. Men hun var lettet over, at der blev bedre plads i porten til Magasinet, så hun ikke skulle stå så klemt, når hun skulle holde øje med, hvad der foregik. Der stod kun små halvtreds mennesker tilbage og iagttog politiets systematiske arbejde. Selv om hun arbejdede i afdelingen for personfarlig kriminalitet, havde hun aldrig før været så fysisk tæt på opklaringen af et drab. Hun kunne lugte blodets jernagtige duft og se kniven stikke op over alutæppet. Det var ikke et billede på et whiteboard eller en genfortælling fra en politiassistent. Det var virkelighed, og det fik hårene til at rejse sig på hendes arme.

„Fik du fat i turlederen?" spurgte politiassistenten, da han kom hen imod Britt.

„Ja, hun er lige her. Lene?"

Lene kom frem til afspærringen. Hun havde fundet listen over tilmeldte til busturen frem og rakte den til ham.

„Dav, jeg er Lene. Jeg er turleder på busturen fra Nykøbing F."

„Godt. Hvis I begge to vil komme med herind." Han løftede minestrimlen op, så de kunne gå under. „Vi har indrettet en kommandocentral herinde." Han nikkede over mod et bord, der var trukket ud fra en af standene og havde fået placeret stole omkring sig. „Hvis I vil tage plads. Vand?" Han bukkede sig ned og tog et par Krimimessenvandflasker op fra en kasse. Det var ikke bare vandflasker, men den slags, som hun havde set krimiforfatterne drikke på scenerne, når de blev interviewet. Flaskerne kunne ikke købes.

Britt kunne straks mærke samlergenet røre på sig. „Se, der står Krimimessen på. Den drak jeg af, da jeg blev afhørt." Hun tog imod flasken og diskuterede med sig selv, om hun skulle åbne den og slukke sin tørst, eller om den ville have størst værdi uåbnet.

Politiassistenten, der præsenterede sig som Jørgen Esbensen, satte sig på kanten af bordet og åbnede en vand.

„Nå, I to kendte afdøde?"

„Ja, altså ikke privat," begyndte Britt, men blev overdøvet af Lene.

„Ja, lidt. Hun er kommet i bibliotekets læseklub de sidste seks år, og hun er hyppig gæst på det bibliotek, hvor jeg arbejder."

„Godt. Hvad kan du fortælle om hende?"

„Øh, hun er glad for at læse krimier." Lene krummede selv tæer af den bemærkning, kunne Britt se. „Hun blev skilt for syv år siden; det var derfor, hun begyndte at komme i læseklubben. For ikke at føle sig ensom. Hun fandt sammen med én fra læseklubben sidst på året. Jeg tror, det var op til jul."

„Er vedkommende, hun fandt sammen med, med på turen i dag?"

„Nej, vi har kun to mandlige medlemmer af læseklubben, men ingen af dem deltager på turen. Der er mange af deltagerne, der ikke er med i læseklubben. Tilbuddet om at deltage på busturen er åbent for alle kommunens borgere." Lene fumlede med drikkedunken. Esbensen tog den ud af hænderne på hende, åbnede den og rakte hende den tilbage. Hun nikkede tak og drak halvdelen.

„Har Betina Vesterby givet udtryk for, at der var nogen, hun var uvenner med? Havde hun nogen sammenstød på busturen? Eller har I overhørt hende tale i telefon med nogen, hvor hun har lydt vred eller bange?" Han noterede noget i en lille bog, han havde haft i skjortelommen.

„Jeg sad ved siden af hende i bussen," sagde Britt, „og hvis jeg må have lov at være så bramfri, så var hun pisseirriterende. Meget belærende og overrumplende. Jeg kunne godt forestille mig, at hun har fået trådt nogen over tæerne."

„Har hun trådt dig over tæerne, Britt?"
Britt så op på ham med åbentstående mund og rystede på hovedet, men kom så i tanke om noget.

„Da vi skulle ind i bussen, var der én, der skubbede kraftigt til hende. Hun fik et stort, blåt mærke på armen. Jeg kan ikke huske, hvad det var, hun sagde til hende. Jo, nu kommer det... Det var: Når man kommer i vejen for andre, så slår man sig."

„Hvem sagde det, gjorde Betina?"

„Nej, kvinden, der stødte ind i hende. Det var... Åh Gud, nu ved jeg, hvem der dræbte hende!"

Britt havde overbevist politiassistenten om at kalde ud gennem højtaleranlægget, at resten af dagens krimimesse var aflyst, og at portene inden længe ville blive åbnet, men at alle, der var ankommet med bus, skulle samles ved den østlige port, hvor de ville blive samlet op af deres ventende bus.

Britt stod og ventede sammen med den lille flok, der var fulgt i hælene på Lene, og to betjente. Hun forsøgte at forholde sig roligt, som politiassistenten havde bedt hende om, men alle celler i hendes krop var urolige og spændte på samme tid.

„Dér kommer hun," hviskede Britt og nikkede over mod den spinkle, gråhårede kvinde, der kom gående med et vagtsomt blik og en lysebrun skuldertaske.
Betjentene blev stående, indtil hun kom helt tæt på gruppen. Så omringede de hende og trak strips om hendes håndled til hendes store protester og gruppens chok.

„Hvad sker der?" spurgte flere, da betjentene trak afsted med den spinkle kvinde, Tove.

„Hvorfor tror du, at det var hende?" hviskede Lene til Britt.

„Det var hende, der tromlede ind i Betina, og hun gik lige bag Betina, da hun faldt om inde i Magasinet på vej ud i tumulten over alarmen." Britt tænkte også på sin chefs ord om, at gerningsmanden var blandt tilskuerne, og hvor umuligt det havde været at få Tove til at lede efter Lene, fordi hun ikke ville gå glip af noget ved gernings-stedet. Britt kendte ganske vist ikke Toves motiv, men hun var sikker på, at det var Tove, der havde slået Betina ihjel.

Derfor blev hun også overrasket, da Tove tyve minutter senere kom gående tilbage til gruppen uden strips om håndleddene.

„Hvad foregår der? Hvorfor lader I hende gå?" Britt så fortvivlet hen mod politiassistent Esbensen.

„Det er ikke hende. Fingeraftrykkene matchede ikke," svarede han og slog ud med hænderne.

Gruppens anden bibliotekar trådte frem og sagde med klar stemme, at det vidste hun godt, hvorfor de ikke gjorde. I det samme satte Tove i løb, og de to betjente satte efter hende, overmandede hende lige før indgangen til fængselsmuseet og lagde hende igen i strips.

„Det må du vist hellere forklare," sagde Esbensen og stillede sig med hænderne i siden foran bibliotekaren, som Britt mente hed Dorte eller Ditte.

„Jo, jeg vidste ikke, at det var dét, der var sket, før nu, for så havde jeg naturligvis fortalt det noget før. Jeg troede bare, at hun stjal kniven. Som en souvenir eller sådan noget."

„Hvilken kniv?“

„Øh, de siger, at Betina Vesterby blev dolket.“ Hun så over mod gruppen.

„Det er korrekt.“

„Ja, og det vidste jeg ikke. Jeg hørte godt et rygte om, at nogen var død, men ikke, at det var sådan noget.“ Hun så ud, som om hun lige skulle samle sig, før hun fortsatte. „Må jeg se kniven?“

Politiassistenten fandt et billede frem på sin mobil og viste hende det.

„Ja, det er den. Jeg så Tove Elkjær tage dolken fra udstillingen ved Politikens stand. Den var stukket ned i en tyk krimi.“

„Men hendes fingeraftryk er ikke på dolken,“ sagde politiassistenten.

„Nej, for hun havde et lommetørklæde i hånden, da hun trak kniven op. Hun pakkede straks kniven ned i lommetørklædet og lagde den ned i tasken. Hun rørte ikke ved knivens håndtag på noget tidspunkt, men hun berørte spidsen. Det så jeg, da hun var ved at tabe den, da hun lagde den ned i tasken. Så der må være fingeraftryk på spidsen.“

Der var en underlig stemning i bussen på vej hjem over Fyn. De var to færre, end da de kørte den anden vej, og havde fået flere oplevelser med hjem fra Krimimessen, end de havde regnet med, selv om de ikke havde mødt så mange krimiforfattere, som de havde regnet med. Britt tog sin mobil op af tasken og sendte en sms til sin mand, Rune, om, at hun var på vej hjem nu, flere timer før planlagt, mens hun tænkte på stakkels Tove, der havde følt sig så forsmået af sin mands affære med læsegruppeveninden Betina, at hun havde tyet til den ultimative hævn: drab. Britt modtog en sms fra sin mand, der skrev, at han ville åbne en flaske rødvin og stege en bøf, til hun kom hjem, nu hun ikke nåede restaurantbesøget i Horsens. Hun sendte ham tre hjerter tilbage.

Gittemie Eriksen

Utrygt

Kriminovelle

Retsmediciner Pia Holm så sig omkring i lejligheden, før hun slog tunnelsynet til og satte sig på hug foran den livløse krop på gulvet. En nøgen kvinde i halvtredserne lå på maven midt på gulvet i stuen. En fodskammel og en spisestuestol lå væltede, en vase var smadret mod gulvet, en buket blomster lå i cellofan ved siden af, og et stort håndklæde lå krøllet sammen ved siden af kvinden. Hun havde kæmpet en brav kamp, det var helt sikkert. Pia ledte efter puls. Ikke fordi hun forventede at finde nogen, men fordi hun skulle tjekke, om ofret var i live. Der var begyndende dødsstivhed, og kroppen føltes kold. Det var sket tidligere på dagen, det var hun sikker på. Hun så på sit ur. Omkring klokken 8-9 i morges. Hun tog kameraet op af tasken og begyndte at fotografere. Politikommissær Lars Andersen kom hen til hende og spurgte, om hun havde en dødsårsag.

„Ikke endnu, men lad os vende hende rundt, så vi kan se, om hun ligger på noget, og hvordan hendes ansigt ser ud.“

Lars vinkede et par betjente hen, der tog fat i den døde krop og vendte den rundt på gulvet. Kvinden var rød i ansigtet, fordi blodet ikke længere blev pumpet rundt i kroppen, men samlede sig på de lavest liggende steder i kroppen, og da hun havde ligget med ansigtet nedad, var ansigt, forkrop og lår rødlige.

„Hun er ikke blevet flyttet efter døden,“ sagde Pia med henvisning til de røde samlinger, for så ville de ikke vende mod gulvet. Pia lænede sig ind over ansigtet og pegede på halsen. „Se dér, hun er blevet stranguleret. Sikkert med en snor eller noget andet tyndt. En tøjsnor, måske.“

Lars bukkede sig ind over hende for at se den røde linje på kvindens hals. I det samme kom politiassistent Ulla hen for at fortælle ham, at kvinden var en 52-årig Tove Rytter, der boede alene. Pia bandt plastikposer omkring ofrets hænder for at sikre spor under neglene og i håndfladerne, så hun kunne undersøge det nærmere, når hun kom tilbage til Retsmedicinsk Afdeling. Kunne det være en elsker, der havde kvalt hende?

„Det ser ud, som om Tove Rytter er kommet ud fra badet og har mødt sin banemand," sagde Pia. Så enten havde hendes dør ikke været låst, eller også var gerningsmanden én, hun selv havde lukket ind. „Hvor kom blomsterne fra?" Pia pegede på cellofanbunken, kaldte ambulancefolkene ind, og bad dem om at køre afdøde ud til retsmedicinsk afdeling. Imens de pakkede den dræbte ned i en ligpose, så Pia sig omkring i lejligheden, der bestod af stuen, et soveværelse, et spisekøkken og et badeværelse med badekar. Da hun nåede til soveværelset, kaldte hun på Lars.

„Ja? Har du fundet noget?"

„Både ja og nej, mere en undren, som jeg vil gøre dig opmærksom på. Prøv at se hendes soveværelse. Det står meget upraktisk."

„Tror du ikke bare, hun har haft besøg af sådan en fung swai-ekspert?" foreslog Lars, mens han rodede med en mobil, der ikke lignede hans egen.

„Feng shui? Vær du glad for, at Britt ikke er her nu," svarede Pia og lo. Afdelingens sekretær, Britt, var stor tilhænger af den kinesiske indretningsdisciplin og havde flere gange forsøgt at overtale Pia til at få ændret på energistrømmene i sin lejlighed, endnu uden held. Men Lars havde ladet sig overtale, godhjertet som han var. „Men ja, det kan være svaret. Det tror jeg dog ikke, det er. Jeg tror, hun var bange."

„Bange? For hvad?"

„Måske blev hun stalket. Der var i hvert fald en eller anden, der gjorde hende utryg. Prøv at se på sengens placering. Du kan ikke åbne døren ind til stuen uden at baldre den op i fodgærdet. Sengen kunne sagtens drejes lidt og stå ovre under vinduet. Det ville give meget mere gulvplads, men dér står tøjstativet. Det ville stå bedre bag døren, så kunne døren åbnes helt." Pia gik hen til vinduet og trak gardinet fra. „Og der er ekstra sikkerhedsanordninger på vinduerne. Jeg bemærkede også, at der både var kæde og dobbeltlås på hoveddøren og bagdøren i køkkenet." Pia følte, at hun kunne fornemme kvindens frygt, mens hun bevægede sig rundt i lejligheden. Hvad var det, der havde skræmt hende? Hvem var det, hun havde kæmpet så indædt for at holde ude? Var det drabsmanden?

„Ja? Det kunne tyde på, at det hang sådan sammen. Hun har fået nogle skumle sms'er. Prøv at høre: Jeg ser dig. Og denne her: Jeg kommer igen. Vent på mig."

„Ja, det lyder klamt. Prøv at se på gulvet hér." Pia pegede på nogle aftryk på parketgulvet, som tydede på, at der havde stået et skab.

„Hvorfor fjerne et skab? Det må da være noget indretningshalløj," sagde Lars.

„Jeg kan godt høre, at du aldrig har frygtet at blive overfaldet i dit eget hjem..."

„Nej, det er der vel forhåbentlig ikke ret mange, der har." Han lagde mobilen i en bevispose.

„Det er typisk, ikke?" Pia kunne mærke blodtrykket stige og forsøgte at tælle til ti, men hendes raseri overdøvede tallene. „Stalkingloven blev vedtaget i 2012, men politiet er bedøvede ligeglad. Ni procent af alle voksne har oplevet stalking. Mere end dobbelt så mange kvinder som mænd. Det er ligesom med voldtægt. Bare fordi det er noget, der hovedsageligt sker for kvinder, så er det ikke så vigtigt."

„Rolig nu, jeg ved bare ikke så meget om det." Lars rakte hænderne beskyttende frem foran sig.

Pia tog en dyb indånding og overvejede, om hun bare skulle køre, men hun var bange for, at hverken Lars eller nogen af de andre betjente ville bemærke alle de åbenlyse tegn, der havde blinket som diskokugler i øjnene på hende, fra det øjeblik hun trådte ind i lejligheden. Var hun den eneste, der stadig kunne fornemme frygten?

„Lagde du mærke til badeværelset? Gennemsigtigt bruseforhæng. Og sengen. Den er så lav, at der ikke kan gemme sig én under sengen. Var nogen af dørene brudt op?"

„Nej, det var de ikke, så hun har selv lukket ham ind." Lars så hende stadig undersøgende an. Måske ledte han efter tegn på, om hun ville eksplodere igen.

„Ja, så det må være én, hun kender. Måske har hun ikke vidst, at det var ham, der stalkede hende?"

„Eller også er stalkeren og drabsmanden to forskellige personer?"

„Det er muligt. Nå, men det må du selv rode videre med. Jeg ville bare lige gøre dig opmærksom på det. Hvem anmeldte det?"

„Hendes nabo. Ulla er på vej herind med hende nu."

„Så husk at spørge hende, om der var problemer med tidligere kærester, eksmænd eller lignende, der kunne finde på at stalke hende." Pia gik tilbage til stuen for at pakke sine ting sammen. Den dræbte var kommet op i ligposen, og ambulancefolkene var ved at løfte posen op på båren. I det samme kom en midaldrende kvinde med forgrædte øjne ind i lejligheden sammen med Ulla.

„Åh Gud," udbrød kvinden og begyndte at græde igen. Lars gik hen mod hende og rakte hende hånden.

„Dav. Politikommissær Lars Andersen. Var det dig, der anmeldte fundet?"

Kvinden snøftede og duppede sig i ansigtet med en klump køkkenrulle, som hun havde i hånden.

„Ja. Tove Rytter er... var min nabo, nej, er min nabo og veninde. Jeg bor lige inde ved siden af."

„Hvad er dit navn?"

„Øh..." Et øjeblik så hun ud, som om hun havde glemt sit eget navn, men kom så i tanke om det: „Berit Mågensen med å."

„Har I kendt hinanden længe?"

„Ja, vi mødtes til en dilettantforestilling for mange år siden. Da Tove så blev skilt, skaffede jeg hende en lejlighed her i bygningen."

„Hvor længe er det siden?"

„Det er snart ti år siden," svarede Berit og tørrede kinderne igen. „Vi sås flere gange om dagen. Tove gik tit med, når jeg luftede Trille."

„Undskyld, jeg bryder ind." Pia rakte hånden frem mod kvinden. „Mit navn er Pia Holm, jeg er retsmediciner."

„Dav." Kvinden tog tøvende imod hendes hånd og skulede efter ligposen, da den blev trillet ud over dørtrinet.

„Undskyld, men ved du, om Tove følte sig truet? Eller hvad der gjorde hende så utryg?"

„Er det så tydeligt?" Berit så rundt i lejligheden og fik øje på teknikeren, der stod og puttede fingeraftryksstøv på bagdørens dobbeltlåse. „Ja, hun følte sig utryg. Hun havde indbrud for en måneds tid siden. Der blev vist ikke stjålet noget, men tyven var kommet ind gennem hendes vindue, så..." Berit så hen mod vinduet ud til den lille altan. „Hun gik helt amok og sikrede hele lejligheden. Tyven havde lagt et sæt undertøj på sengen, I ved, sådan som det ville ligge, hvis hun havde det på. Undertøj og nylonstrømper. Sådan nogle selvsiddende sorte nogen." Berit gøs.

„Der må have været andet end det? Folk, der har oplevet indbrud, føler sig ofte utrygge bagefter, men de fjerner ikke skabe, som folk kan gemme sig i, og møblerer om," sagde Pia.

„Ja, det var der også. Hun havde længe følt sig forfulgt. Som om der var nogen, der holdt øje med hende. Så sig hele tiden over skulderen, gik helst ikke ud efter mørkets frembrud, og sådan noget."

„Hvor længe havde det stået på?" spurgte Lars.

„Måske et års tid, tror jeg," svarede Berit.

„Havde hun nogen idé om, hvem det var, der holdt øje med hende?"

„Nej, det tror jeg ikke. Hun har ikke sagt det til mig, i hvert fald."

„Kan det være hendes eksmand?"

„Bjarne? Nej, det tror jeg bestemt ikke. Han bor i Sverige med kone nummer to og tre små børn."

„Det lyder ikke sådan, men vi tager alligevel fat i ham. Hvad har der været af kærester?"

„Der har ikke været så mange rigtige kærester, men hun levede et aktivt liv på den måde. Profil på Scor og sådan noget. Altså indtil for en måned siden. Da lukkede hun alle sine brugerprofiler og sad hjemme hver aften."

Pia så over på den bærbare computer, der stod slået op på spisebordet. Kunne Tove have mødt sin drabsmand på nettet?

Dagen efter mødte Pia op til afdelingens morgenmøde for at præsentere efterforskningsholdet for de fund, hun havde gjort under obduktionen af Tove Rytter. Da hun var blevet færdig med at skrive rapporten aftenen før, havde hun opdateret sin viden om stalking, så hun var toptunet og klar til at skyde ethvert angreb fra nogle af de mandschauvinistiske kollegaer ned.

„Jamen, det var så billederne fra gerningsstedet. Pia, hvis du så vil gennemgå, hvad du har fundet ud af," sagde Lars og trådte til side, så hun kunne overtage tavlen.

„Tak, Lars. Ja, mine folk og jeg var på overarbejde i går for at nå at have nogle resultater klar til jer. Og I vil glæde jer over, at vi fik

bevilget den biosensor, der kan hjælpe os med at analysere blod-
prøverne selv, så vi ikke er afhængige af at sende dem ind til Rets-
medicinsk Institut," sagde Pia og smilede til politiassistent Leif, der
havde været imod at bruge så mange penge på en analysemaskine.

„Betyder det, at du allerede har resultater af blodprøven?" spurgte
Ulla.

„Ja, det gør det. Nå, men for at begynde med det, så havde hun
spor af smertestillende, paracetamol, i blodet, men ingen sovepiller,
selv om jeg kunne forstå på Lars, at I fandt sovepiller i lejligheden?"

„Ja," svarede Ulla. „Der lå sovepiller i natbordsskuffen."

„Ja, de stod også i hendes lægejournal. Hun fik dem kort tid efter
indbruddet, men jeg tror ikke, hun har taget dem. Hun har ikke tur-
det blive så bevidstløs, at hun ikke kunne høre, hvis der kom nogen
ind i lejligheden igen," sagde Pia og så skarpt over på Lars. Han hvis-
kede undskyld og trak på skulderen.

„Bekræftede dine undersøgelser, at hun var blevet stranguleret?"

„Ja, der var blodudtrækninger i øjnene og tegn på afklemning.
Har I fundet snoren, hun blev kvalt med?"

„Nej, det tror vi ikke, men det kan jo være mange ting. Et bælte..."

„Nej, et bælte er alt for bredt, snoren var tyndere."

„Okay, mange tak, Pia," sagde Lars og rejste sig op igen. „Ulla,
hvordan er det gået med at opspore tidligere elskere?"

„Vi er kommet ind på hendes Scor-profil og har fået udskrift af
alle de lumre samtaler, hun har haft på chatten. Og det er mange,
skulle jeg hilse og sige, så hvad gør vi?"

„Hvis jeg lige må bryde ind," sagde Pia. „Så skal I lede efter mænd,
der på en eller anden måde udtrykker, at de ønsker eksklusivitet. Han
ville have hende for sig selv."

„Dem er der et par stykker af," svarede Ulla.

„Lad mig se, hvad de skriver," svarede Pia. Hun havde desværre
selv en hel del erfaring med besidderiske mænd.

„Gerne. Du kan gå med ind på mit kontor," svarede Ulla og rejste
sig.

En times tid senere havde Pia være igennem alle dem, som Ulla havde sat kryds ved, og nedbragt bunken fra tyve til to.

„Hvorfor de to?“ spurgte Lars.

„Det er deres ordvalg, men det er også det, de ikke skriver. Hør, det er svært at forklare. Jeg er ikke psykolog, men du burde tage dem ind til afhøring og, endnu bedre, få en ransagningskendelse til deres bolig.“

Lars nikkede. De vidste alle tre, at det ikke var så nemt at få en ransagningskendelse uden at have mere end en mistanke, fordi mændene havde chattet med den dræbte på en scoreside. Alligevel ville Lars forsøge. I mellemtiden ville de udvalgte mænd blive hentet ind til en afhøring, og forhåbentlig ville de dér få noget at gå videre med.

Pia satte sig ind i mødelokalet og læste om psykologien bag stalking. Hvis hun nogensinde fik mulighed for at tage en uddannelse mere, ville hun læse psykologi, for hun ville så gerne forstå, hvorfor gerningsmændene forfulgte, voldtog og slog ihjel. Hun var dybt nede i en artikel fra Sverige, da hun hørte uro ude på gangen, så hun rejste sig og gik hen i døren. Ulla og Leif kom gående med en nydelig mand sidst i halvtredserne. Hendes første tanke var, at han umuligt kunne være gerningsmanden, men så tænkte hun på sin egen ekskæreste og besluttede sig for at følge efter, så hun kunne iagttage afhøringen gennem vinduet. Leif kom ud til hende, mens Ulla og Lars gik ind i forhørslokalet sammen med manden.

„Hvem er det?“ spurgte Pia.

„En pervers skid,“ svarede Leif. „Frank Hasselbjerg. De har skrevet en hel del sammen over Scor, og han har også besøgt hende nogle gange.“

„Hvad med ham den anden, besøgte I også ham?“

„Ja, men vi udelukkede ham hurtigt. Han sad i kørestol.“

„Nå, ja, så er det i hvert fald ikke nemt at bryde ind gennem et vindue,“ sagde Pia og så alligevel for sig, hvordan en mand i kørestol forsøgte, men ikke lykkedes med foretagendet, og hun var ved at begynde at grine, da begivenhederne i forhørslokalet trak hende tilbage til virkeligheden. Manden sad stiv som et bræt og så frem for sig uden at svare på spørgsmål eller se på hverken Ulla eller Lars.

Han blev ikke nem at knække. Hun kunne se, at Lars tog efter sin telefon, rejste sig og kom ud af rummet.

„Ja, det er Lars. Hum... Ja? Det lyder godt. Tusind tak." Han lagde mobilen tilbage i lommen og så op på Leif og Pia. „Jeg tror sgu, vi har ham."

„Var det den flagsnor, vi fandt i soveværelset?"

„Ja, og trusserne var Toves," svarede Lars og forsvandt ind i rummet igen.

„Fandt I flagsnor hos ham? Jeg troede ikke, I kunne nå at få en ransagningskendelse," sagde Pia.

„Det kunne vi heller ikke, før vi stod derude. Jeg siger dig, det var uhyggeligt. Du skulle have været med. Hele væggen i hans stue var overklistret med billeder af Tove. Det var virkelig ulækkert. Nu skal de selvfølgelig undersøges nærmere, men det tyder på, at han har holdt øje med hende gennem længere tid. Da Ulla ringede til politichefen og fortalte, hvad vi havde fundet, gik der ikke mange minutter, før vi havde en ransagningskendelse," sagde Leif.

Pia lænede sig tilbage mod bagvæggen i lokalet og iagttog Toves banemand. Hvilket helvede, hun måtte have levet i. Manden havde brudt ind i hendes lejlighed og stjålet hendes trusser, lagt en hilsen til hende på sengen, havde forfulgt hende gennem længere tid og til sidst dræbt hende med en flagsnor. Hvor var det tragisk, at det var endt sådan. Det burde ikke være et spil med livet som indsats for en enlig kvinde at vove sig ud på en datingside, men det var desværre blevet konsekvensen for Tove Rytter. Pia håbede, at han ville blive buret inde i rigtig mange år og aldrig kunne skade en kvinde igen. Hun vendte opmærksomheden tilbage mod forhørslokalet.

„Så du fik Tove Rytter til at åbne døren ved at udgive dig for at være et bud med en blomsterlevering?"

Det havde hjulpet, at Lars havde fået resultaterne af analysen af flagsnoren og trusserne. Det så ud til, at drabsmanden havde fået munden på gled.

Gittemie Eriksen

Stukket

Kriminovelle

Senere opgørelser ville muligvis finde frem til en nedgang i antallet af kopier og print i forvaltningen, for der var et par dage, hvor kopirummet på Rådhuset var utilgængeligt for andre end politiet. Retsmediciner Pia Holm kunne allerede se, før hun kom helt hen til den døde krop, at drabet måtte være foregået med en spids eller skarp genstand og direkte i en pulsåre. Både væggene og de store maskiner var oversprøjtet med blod. Pia indskrænkede sin opmærksomhed fra rummet til personen på gulvet. En kvinde midt i halvtredserne, iført en moderne fortolkning af den klassiske spadseredragt, så vidt Pia kunne se. Der var løbet en maske i hendes grå strømpebukser, og netop den detalje fik det hele til at virke ydmygende.

„Skal jeg tage din taske herover? Der er vist bedre plads." Politikommissær Lars Andersen var kravlet ind og stod i hjørnet mellem de to store maskiner.

Pia rakte ham tasken, da hun havde taget kameraet op. Hun fotograferede den døde krop fra alle vinkler, mens Lars fortalte hende, hvad de havde fundet ud af indtil nu.

„Der er tale om en 56-årig sekretariatsleder. Øh, Ingeborg Sol Hemmingsen. Hun har arbejdet her på rådhuset siden kommunesammenlægningen og blev overflyttet fra en af de mindre landkommuner, hvor hun havde været sekretær for kommunaldirektøren og borgmesteren. Ifølge hendes personale var hun vellidt og respekteret i afdelingen såvel som på resten af rådhuset. Gift og med to voksne børn, der er flyttet hjemmefra."

„Hun kan ikke have været vellidt af alle," svarede Pia og rakte ham kameraet. „Vil du give mig termometeret?"

Lars så ud, som om han ikke kunne beslutte sig for, om han skulle stille kameraet fra sig, inden han tog termometeret, eller om han skulle pakke det ned først. Han valgte at sætte kameraet oven på kopimaskinen og bukkede sig ned efter termometeret, som Pia guidede ham til at finde i den store lægetaske.

„Hun er blevet dræbt med en spids genstand. Størrelsen kan jeg først fortælle dig, når jeg får hende på bordet, men hullet er ikke ret stort." Pia pegede på ofrets hals. „Halspulsåren. Det er derfor, vi sidder midt i det her blodorgie. Vi må lige se, når vi får flyttet hende, om hun skulle ligge oven på drabsvåbnet. Jeg vil anslå dødstidspunktet til mellem klokken 12 og 12.30."

„Lige midt i frokostpausen? Og hvor lang tid før er hun blevet stukket?"

„Hun er død på få sekunder, hvis hun ikke har presset noget mod halspulsåren, og det ser det ikke ud til, at hun har. Hun har måske forsøgt at komme ud ad døren, at dømme ud fra måden hun ligger på, men hun er ikke nået derhen, før hun er sunket om på gulvet."

„Hun kunne have råbt om hjælp?"

„Det ville være nogle halvdruknede, halvkvalte råb. Hun er simpelthen druknet i sit eget blod. Har du fundet blodspor på døren eller dørhåndtaget?"

„Der er på indersiden af døren, men det ligner stænkpletter. Døren har været lukket, da hun blev stukket ned. Hvad er din vurdering af gerningsmanden? Hvordan har han set ud, da han forlod kopirummet?"

Pia rejste sig op og strakte benene.

„Det har sprøjtet voldsomt med blod, men først idet gerningsmanden har trukket stikvåbnet ud igen. Han har næsten ikke kunnet undgå at blive sprøjtet til med blod." Pia så sig igen om i kopirummet, før hun stillede sig et skridt inden for døren på skrå i rummet. „Han har stået cirka heromkring. Det kan du se ud fra blodstænkene. Der er næsten ingen på væggen i hjørnet her. Det er, fordi gerningsmanden har skygget for blodstænkene. De er med andre ord landet på ham. Men vi taler ikke om store mængder, hvis han har været hurtig til at komme ud. Den største mængde er landet i det område, hvor du står, Lars."

„Betyder det, at ofret har stået her, hvor jeg står?"

„Nej, hun har haft siden til det sted, du står på. Blodet er sprøjtet stærkest ud af siden på halsen. Prøv at se." Pia bukkede sig ned og pegede på ofrets hals.

„Har gerningsmanden haft blodige fodspor?"

„Nej, hold bare igen med luminolen. Jeg tror ikke, du finder nogen fodspor. Så skal det da være fra vedkommende, der fandt ofret.“

„Nej, hun var ikke længere inde end til døren. Det bekræfter en kollega, der var på vej ind lige bag hende. Men gerningsmanden har vasket blod af sig et eller andet sted?“

„Ja, det må han have. Han har fået det i ansigtet og på overkroppen, vil jeg tro. Så brug luminolsprayen i bygningens håndvaske.“ Pia rakte hånden frem for at få Lars til at række hende tasken. „Jeg ringer efter en bil, der kan hente ofret. Jeg kan sende min rapport til dig, så du har den inden morgenmødet. Hvis der er morgenmøde?“

Lars gryntede et eller andet, hun ikke hørte. Hun var allerede på vej ned ad trappen.

Det havde været en let obduktion, så Pia havde nået at hente Alissa fra børnehaven, fordi hendes sektionsassistent, Sam, havde hjulpet hende med undersøgelsen. Rapporten havde hun skrevet, da Alissa var lagt i seng, og hun kunne se, at Lars havde printet den og læst den, for der var gule overstregninger på papiret, der lå foran ham.

„Godmorgen Pia. Vil du starte?“

„Ja, lad mig bare det.“ Pia smed tasken på stolen ved siden af Britt, fandt sit usb-stik og rakte det til Lars, der stak det i computeren.

Lars kaldte til ro og fik et par kvikke bemærkninger med fra Leif, der så ud til at hygge sig for bordenden modsat Lars. Der havde været lidt ballade med ham, da han blev forbigået til en forfremmelse til fordel for Ulla, der havde en mere grundig og velovervejet stil.

„Vi skal have styr på det her, og der skal helst ske fremskridt meget snart. Vores direktør fik et opkald fra borgmesteren sent i går aftes, fordi sagen påvirker ham,“ sagde Lars og nikkede til Pia.

„Tak, Lars. Som jeg vist nåede at sige til Lars i går, så leder vi efter et spidst, cirka 15 cm langt, gerningsvåben. Det blev stukket ind i ofrets halspulsåre lige over venstre kraveben.“ Pia klikkede et billede frem på væglærredet, så hun kunne vise sine kollegaer det. „Som I kan se på det næste billede, fortæller vinklen os også, at vi leder efter en gerningsmand, der er højrehåndet og omkring 20 cm lavere end ofret.“ Pia skiftede igen billede, nu til en skitse af to personer, hvor højdeforskellen var vist. „Ofret var 1,72 m høj og havde sko på med 10 cm hæl. Det betyder, at Ingeborg Sol Hemmingsen har raget 1,82 m op, og at vores gerningsmand dermed er omkring 1,60-1,65 høj. Selvfølgelig afhængigt af sko.“

„Det udelukker en hel del mænd. Kan det være en kvinde?“ spurgte Ulla.

„Ja, sagtens. Der er ikke noget omkring selve drabet, der indikerer, at en kvinde ikke kunne have gennemført det,“ svarede Pia.

Et par dage senere trådte Pia ind i mødelokalet med resultatet af blodprøveanalyserne, mens Lars stod og talte med sig selv foran væggen med alle billederne og sporene af mistænkte i sagen.

„Hvordan går det? Har du fået indsnævret feltet?“ Pia smed analysen på bordet.

„Der er stadig fire, der passer på beskrivelsen og ikke har noget alibi, men modsat kan jeg heller ikke få øje på et motiv,“ svarede han og lænede sig med et suk tilbage, så han sad på kanten af bordet.

„Du skal lede efter stærke følelser. Der er en hel del lidenskab bag, når man stikker folk ned på den måde. Det er ikke just et uheld,“ sagde Pia og så på de mange billeder på væggen. „Hvad har du fundet ud af om hendes baggrundshistorie? Er der noget, der stikker ud?“

„Ikke ifølge hendes familie, men der er lidt småsladder blandt medarbejderne.“

„Nå?“

„Ja, noget om en affære, som jeg ikke har kunnet få bekræftet.“

Pia så på billedet af den dræbte og alt blodet. En affære ville passe fint ind i billedet. Det kunne være hendes mand eller den attråedes kone.

„Hvem skulle denne affære være med?“

„Ja, det er dér, det bliver lidt mystisk, for nogen siger, det er med borgmesteren, andre mener kommunaldirektøren, og atter andre, at det er en anden leder på rådhuset. Men de fleste er af den mening, at hun er alt for pæn og regelret til at kunne have en affære." Lars skænkede sig en kop kaffe.

„Til det vil jeg bare sige, at i den lille by, hvor jeg voksede op, var en af de fineste damer kørelærerens kone. Det var et chok for alle, da hun byttede med genboen, fordi de begge havde haft en affære med den andens mand. Så alt kan ske."

„Øh, hvordan byttede?"

„Kørelærerens kone pakkede alle sine ting og flyttede over på den anden side af gaden. Hendes elskers kone flyttede over til kørelæreren. Ingen grund til at skændes om det. De var åbenbart alle fire enige om, at de havde valgt forkert. De fortsatte vist endda med at være venner."

Lars sad stadig og stirrede måbende ud i luften, da Pia forlod mødelokalet. Hun nåede dog ikke længere end til parkeringspladsen, før hun blev opsøgt af en betuttet kvinde. Midt i tyverne, ville Pia gætte på.

„Undskyld, arbejder du her?"

„Ja, det kan man godt sige," svarede Pia.

„Du var med på rådhuset, ikke? Da Ingeborg døde?" Kvinden så sig vagtsomt omkring.

„Jo, det var jeg. Er der noget, jeg kan hjælpe dig med?"

„Har I fundet ud af, hvem der dræbte hende?"

„Jeg kan desværre ikke udtale mig om..."

„Så det har I ikke. Der foregår noget mærkeligt, og jeg tror, det kan føre jer til morderen."

Pia fulgte med kvinden, der var kørt forbi politistationen i sin frokostpause, tilbage til rådhuset, for at få udpeget personen, der måske vidste noget om drabet.

„Det er tredje kontor på højre hånd efter glasdøren," sagde kvinden.

„Og hvad er det, du tror, der foregår?"

„Jeg vil helst ikke miste mit arbejde. Jeg er enlig mor. Men det er jo mord, det her, ikke?“

„Jo, så fortæl, hvad det handler om. Du behøver ikke frygte dit arbejde. Jeg fortæller ingen, at det kommer fra dig.“

Kvinden så sig nervøst omkring og trak så Pia med ind på et tomt kontor.

„Nede på kontoret sidder Sanne Kristensen. Hun har været her siden kommunesammenlægningen. Har overlevet alle de tre fyringsrunder, der har været, men det mystiske er, at hun stort set intet laver. Ingen ved, hvad hun laver. Ingen har nogensinde set en rapport eller en dagsorden med hendes navn på.“

„Det behøver vel ikke...“

„I starten var hun teamleder, men så blev hun degraderet. Ingen ville arbejde sammen med hende. Alle hendes ansatte rendte skrigende væk. Alligevel blev hun ikke fyret, men blot degraderet til en konsulentstilling, men med samme løn.“

„Jeg er sikker på, der er en logisk...“

„Sanne Kristensen refererede direkte til Ingeborg Hemmingsen. Der hviskes på gangene om, at hun må have noget på Ingeborg, siden hun er fredet i klasse A. Hun er her ikke en gang 37 timer om ugen. Hun kommer og går, som det passer hende. Møder halv ti og går hjem klokken tre. Det er fuldstændig grotesk.“

„Okay, jeg taler med hende,“ svarede Pia og så den nervøse kvinde forsvinde ned ad gangen i den modsatte retning af glasdørene. Pia sendte hurtigt Lars en sms og bankede på døren ind til Sannes kontor.

„Ja, kom ind,“ lød det fra den anden side af døren.

Pia trådte ind på et lyst kontor med vittighedstegninger på op-slagstavlen og store, grønne planter i vindueskarmen. En spinkel kvinde stod bag skrivebordet.

„Dav. Pia Holm. Jeg kommer fra politiet. Jeg opdagede, at vi ved en fejl ikke fik afhørt dig i forbindelse med drabet på Ingeborg Hem-mingsen.“ Pia vidste, at hun burde lade Lars om denne del, men måske var der intet i det, og så ville det være dumt at fjerne ham fra grublerierne foran hændelsestavlen.

„Nå, javel. Jeg troede bare, I talte med dem, der kunne have set noget.“

„Vi har talt med alle hendes medarbejdere, og det var sådan, vi opdagede, at vi havde glemt dig,“ sagde Pia og vippede hovedet i retning af stolen foran skrivebordet. Sanne nikkede, og Pia tog plads.

„Hvad vil du vide?“ Sanne trak sin stol hen og satte sig, så hun var i øjenhøjde med Pia.

„Alt, hvad du tror, kan have betydning for sagen. Alt, hvad du ved om Ingeborg. Rygtet siger, at du ved lidt mere end nogen andre.“

„Gør det? Er der nogen, der taler om det?“

„Ikke direkte, men der er nogen, der har en mistanke om, at du havde en eller anden klemme på Ingeborg. Derfor bliver jeg også nødt til at spørge dig, om du har et alibi for drabstidspunktet?“

„Hvad?“ Sanne lod sig falde tilbage på kontorstolen og sænkede bordet ned, så de begge kunne se over det. „Øh ja,“ fortsatte hun. „Jeg var til øjenlæge. Jeg kom direkte fra øjenlægen og mødte ambulancen, der kørte væk.“

„Fint. Så fortæl mig, hvem der havde grund til at dræbe Ingeborg?“

„Jeg ved det ikke, men jeg kan fortælle dig, hvad jeg ved, hvis det bliver mellem os to.“

„Det kan jeg ikke garantere, Sanne. Men det her er en mordefterforskning, så det er strafbart at tilbageholde oplysninger for politiet.“

Sanne nikkede eftertænksomt og rejste sig op.

„Det er næsten elleve år siden,“ begyndte hun, mens hun travede frem og tilbage mellem det lille firemandsmødebord og vinduet.

„Jeg kan ikke se, hvordan det kan hjælpe os til at finde gerningsmanden, når du siger, at Sanne havde et alibi?“ Lars så ud, som om han kunne hive hårene ud af hovedet på sig selv af frustration.

„Prøv nu at høre,“ forsøgte Pia. „Sanne var formentlig den person på hele rådhuset, der havde mindst grund til at dræbe Ingeborg. Hun havde en klemme på Ingeborg, der sikrede hendes job og en særdeles rundhåndet månedsløn.“

„Men hvad hvis Ingeborg havde besluttet sig for ikke længere at holde hånden under hende?“

„Det er sandt," svarede Pia og funderede over, hvorfor hun ikke havde tænkt på denne vinkel. „Men glem ikke, at Sanne har et alibi. Britt har tjekket med øjenlægen, så den er god nok. Som jeg ser det, er der tre personer, der er meget centrale i det her. Som alle kan have haft et motiv for at stikke en brevkniv i halsen på Ingeborg."

„Okay. Oplys mig." Lars trak en stol ud og satte sig, mens han viftede med hånden op mod tavlen.

„Vi ved, at Ingeborg har haft en mangeårig affære med kommunaldirektøren, så han bør være mistænkte nummer ét. Men der er en årsag til, at Ingeborg gik langt for at holde affæren skjult, og det handler selvfølgelig ikke kun om omdømme, men også om begge de involveredes ægtefæller: Ingeborgs mand og kommunaldirektørens kone."

Lars nikkede og så over på billederne af de mistænkte.

„Ingen af de tre personer er at finde blandt de mistænkte. Drabet foregik på arbejdspladsen. Endda i kopirummet, som det kræver adgangsnøgle at komme ind i. De må alle tre afhøres."

„Nå, hvad fandt du ud af?" spurgte Pia, mens hun rystede tekanden for at finde ud af, om der skulle være et par dråber tilbage her sidst på eftermiddagen. Hun kunne være kørt direkte fra dissektionsstuen og hjem, men hendes nysgerrighed bragte hende ind over politistationen.

„Tja, du havde selvfølgelig ret," smilede Lars. „Ikke, at jeg er meget for at indrømme det. Dit ego kunne jo tage varigt skade." Han lo.

„Så hold dog op med at holde mig på pinebænken. Hvem af de tre var det?"

„Kommunaldirektørens kone, 1,64 høj, for øvrigt. Hun brød sammen og tilstod nærmest i det øjeblik, vi trådte ind i stuen. Hun gav os selv papirkniven, en flot udskåret sag fra kommunaldirektørens kontor, som han havde fået i gave af Ingeborg."

„Av, dræbt med sin egen kærlighedsgave."

„Ja. Konen havde haft mistanke længe, men kommunaldirektøren havde altid en forklaring klar. Det var så slemt, at han havde fået konen i behandling hos en psykiater for paranoia.“

„Hold kæft, en psykopat,“ svarede Pia. „Næsten synd, at det ikke var ham, konen tog livet af.“

„Tja, måske. Nu får han i stedet lov til at leve med viden om, at han har ødelagt sin kones liv. Måske er det en større straf.“

Gittemie Eriksen

Stjålet

Kriminovelle

Braget fra en dør, der smækkede, vækkede Bodil. Hun satte sig op i sengen og væltede sit vandglas på gulvet, da hun famlede efter lyskontakten. Nu, da hun var vågen, var hun i tvivl, om det var noget, hun havde drømt, eller der var en dør, der smækkede. Hun fik overbevist sig selv om, at det måtte være noget, hun havde drømt, og puttede sig under dynen igen. Efter at hun havde vendt og drejet sig nogle gange, stod hun op for at tisse. Hun tændte lampen igen og stak fødderne i sutskoene, mens hun bemærkede, at klokken var kvart over tre på vækkeuret.

Efter toiletbesøget var hun tørstig, og hun havde jo fået skubbet glasset på gulvet, så hun gik ned ad trappen til køkkenet for at tage sig et glas vand. Det kom bag på hende, at døren til køkkenet var lukket. Så havde hun måske alligevel hørt en dør smække? Til hendes store skræk stod bryggersdøren pivåben, og den kølige vind blæste hende lige ind i ansigtet. Hvorfor stod døren åben? Hun var sikker på, at hun havde låst den. Hun var altid meget opmærksom på at låse alle døre, når hun var alene hjemme, og det var hun de næste tre døgn, mens Allan var på et seminar i København. Hun lukkede og låste døren, men følte sig ikke længere tryg. Kunne der være nogen i huset?

Hun så sig om efter noget, hun kunne forsvare sig med, og trak en stor gourmetkniv ud af knivblokken. Hun så ind i spisekammeret og listede videre ud i vaskerummet, der også var tomt. Hun tjekkede igen, at døren ud var låst, og fortsatte ind i spisestuen. Hun tændte alt lyset og så bag alle gardiner. Hun kontrollerede også, at alle vinduer var lukket, men der var selvfølgelig ingen. Hun følte sig rigtig komisk, da hun listede op ad trappen med kniven i hånden. Hun måtte jo have glemt at lukke døren helt og låse den, da hun lukkede katten ud, før hun gik i seng.

Selvfølgelig var der ingen i huset. Hun sænkede kniven, før hun så ind på gæsteværelserne og badeværelset, hvor hun huskede at se bag forhænget. Lettet kravlede hun i seng igen og grinte ad sig selv og sin åndssvage frygt for at være alene hjemme. Hun var en voksen kvinde på 53 år; burde hun ikke snart have lært det?

Svævende mellem søvn og vågen tilstand rev lyden af knirkende gulvbrædder hende igen ud af hendes hvile. Denne gang sprang hun straks ud af sengen, greb efter kniven på natbordet, turde ikke tænde lys. Vinden tudede gennem huset, så hun var ikke i tvivl om, at en dør eller et vindue stod åbent. Hvordan kunne der det, når hun netop havde tjekket alle vinduer og døre?

Med en hånd knugende om kniven og den anden om gelænderet listede hun sig ned ad den mørke trappe. Hun stivnede på trappen, da hun så en skygge i stuen, men trak vejret igen, da hun så, at det var gardinet, der blafrede. Terrassedøren stod åben. Det kunne ikke være hende, der drømte; hun mærkede tydeligt vinden om anklerne. Hun løb tilbage op ad trappen, famlede efter sin mobiltelefon på natbordet og kunne mærke, at der kom blod på alt, hvad hun rørte ved. Hun turde ikke slippe kniven, og det var svært at betjene mobilen med kun én hånd, så hun satte sig på sengen med mobilen i skødet og ringede 1-1-4. Hun tabte mobilen, da hun havde tastet, mærkede angstens greb i sin krop og fik sat mobilen til øret igen.

„Hallo?“ Hendes stemme sitrede. Hun lød som en gammel dame og ikke en kvinde i sin bedste alder.

„Ja, hvad kan jeg hjælpe med?“

„Der er indbrud i mit hus.“

„Indbrud? Lad mig få din adresse.“

Bodil gav telefonisten sin adresse og fortalte så om skyggen, hun så i stuen, og den åbne dør.

„Det kunne lyde, som om gerningsmanden er flygtet, da han har hørt dig på trappen, men jeg har en patruljevogn i dit område, så jeg sender den forbi. Den skulle være der inden for fem minutter.“

„Okay, tak,“ hviskede hun, bange for, at tyven ville høre hende, hvis han stadig var i huset.

Hun sad med mobilen knuget ind til sig, kniven ved siden af sig på sengen, øjne og ører på vagt efter den mindste lyd eller bevægelse. Da hun hørte en lyd ved døren, listede hun forsigtigt ned ad trappen igen, så hun kunne låse betjentene ind. Netop som hun satte foden på gulvet i entréen, kom en skygge farende imod hende. Hun blev så forskrækket, at hun tabte både mobil og kniv og udstødte et lille skrig. Med hamrende hjerte bukkede hun sig efter kniven, famlede efter den på de glatte klinker, kunne lige akkurat nå den med det yderste af sine fingre, da hun mærkede kniven forsvinde. Hun så op og mødte tyvens mørke ansigt i samme øjeblik, kniven borede sig ind i hendes mave. Hun faldt tilbage på knæ og tog om kniven, overrasket, mens hun så efter skyggen, der forsvandt ud gennem køkkenet. Hun hørte døren smække i bryggerset, da hun ramte gulvet, og alt blev sort.

Pia Holm stillede cyklen op ad muren ved siden af døren ind til politistationen, hilste på en betjent, hvis kammerat hun vist nok havde været lidt sammen med engang. Hun var ikke sikker, så hun plejede bare at hilse på dem alle, som om hun vidste, hvem de var.

„Har du været forbi patienten?" spurgte Lars, da Pia kom ind på hans kontor på politistationen sidst på formiddagen.

„Ja, hun har det efter omstændighederne godt. Lægen regnede med, at I kan tale med hende i eftermiddag."

„Fik du sikret nogen spor?"

„Ja, der er både fingeraftryk og DNA på kniven, som vi tror, er fra gerningsmanden. Jeg har sat Theis til at køre en analyse, så der burde være et resultat sidst på dagen."

„Godt, tak. Og hvad med Bodil? Får hun mén?"

„Sandsynligvis ikke. Hun kom hurtigt på hospitalet. Kniven gik igennem leveren, så de har måttet skære et stykke af, men det burde ikke betyde så meget."

„Fint. Ulla og jeg kommer forbi, når vi har talt med hende. Så kan det være, at Theis er klar med nogle resultater."

„Okay, jeg har lige et par ting, jeg skal ordne med Britt, så er jeg tilbage i afdelingen." Pia forlod hans kontor og gik hen til Britts skrivebord, hvor kataloger lå spredt ud over rapporter og lister.

„Hvad laver du?" Pia satte sig på kanten af skrivebordet.

„Åh, det er Rune. Han har fået den idé, at vi skal have en pavillon i haven.“

„Det lyder da hyggeligt. Én, vi kan danse i, når I holder sommerfester.“

„Hmm, ja, måske, jeg ved ikke... Er det ikke så gammeldags med sådan én?“

„Nej, det synes jeg da bestemt ikke.“ Pia rakte ud efter brochuren med de hvide pavilloner.

To betjente fulgte Bodil til døren, en meget høj og en temmelig kraftig. Da døren gik op, så hun straks flashback fra natten før. Kniven i hånden. Faldet mod gulvet. Gardinet og skyggen.

„Undskyld, vil I...“

Den kraftige betjent nikkede, som om han vidste, hvad hun mente, selv om hun ikke havde sagt det højt.

„Jeg går en runde i hele huset, mens Carsten følger dig ind i stuen,“ sagde han.

„Tak. Jeg er alene hjemme.“ Bodil gik til side, så betjentene kunne komme ind.

Betjent Carsten fulgte hende ind til lænestolen i stuen og spurgte, om der var noget, han skulle hente til hende.

„Nej, det er fint. Min mand burde snart være hjemme. Jeg kan ikke forstå, at jeg ikke kan få fat i ham, men han er sikkert bare optaget af konferencen. Han ved jo ikke, at der er sket noget her.“ Hun gjorde et forsøg på at le en let latter, men den sad fast i halsen på hende.

„Der kommer en efterforsker fra Afdelingen for personfarlig kriminalitet forbi og taler med dig, Bodil. Jeg tror, det bliver i løbet af eftermiddagen. Bare så du ikke bliver forskrækket, når det banker på døren.“

Bodil nikkede og sagde farvel til begge betjente, da de forlod hendes hjem. Blodtabet fik hende hurtigt til at falde i søvn.

Lars trykkede dørklokken i bund og bankede på ruden i døren på det gule parcelhus.

„Er du sikker på, at hun er kommet hjem?" spurgte Pia. Lægen havde sagt til hende samme morgen, at Bodil tidligst ville blive udskrevet sidst på eftermiddagen, men hun var ikke en gang nået væk fra Britts skrivebord, før de havde ringet fra sygehuset og fortalt, at Bodil var udskrevet. To betjente, der havde været i modtagelsen, havde tilbudt at køre hende hjem og sikre, at huset var aflåst, så hun kunne være tryg.

„Ja, jeg talte med Carsten," svarede Lars, og i det samme blev døren åbnet.

„Hej Bodil. Jeg er politikommissær Lars Andersen, og det er Pia Holm. Må vi få lov at komme ind og tale med dig om det, der skete i nat?"

Bodil åbnede døren helt op og hilste på dem begge.

„Vi følger bare efter dig," sagde Pia, da hun så, at kvinden var i tvivl om, hvor hun skulle gå hen.

„Ja, lad os bare sætte os et sted og tale lidt sammen først. Måske i stuen?" sagde Lars.

Bodil satte sig ind i en brun lænestol. Der lå et tæppe i stolen, og fodskamlen var trukket helt hen til den. Lars satte sig i sofaen, mens Pia gik lidt rundt i stuen og så på pyntegenstande og billeder.

„Fortæl, hvad der skete," sagde Lars og tog sin lille blok frem.

Bodil så forvirret op på ham.

„Vi fik at vide, at det drejede sig om et indbrud?"

„Ja, det tror jeg. Jeg ved ikke... Nogen åbnede min terrassedør. Jeg turde ikke gå ned og lukke den." Hendes øjne flakkede hen mod terrassedøren.

„Er du sikker på, at du lukkede den, inden du gik i seng? Den har ikke stået på klem, og så har vinden taget den?"

„Det var jo det, jeg troede, der var sket med bryggersdøren, men jeg..."

„Bryggersdøren?"

„Ja, første gang blev jeg vækket af, at døren ind til køkkenet smækkede. Da jeg kom herned, stod bryggersdøren åben ud til. Jeg lukkede og låste den, og bagefter tjekkede jeg alle døre og vinduer i hele huset, men så blev jeg vækket af knirkende gulvbrædder og..."

„Vent lidt, så du blev først vækket af åbne døre, gik ned og lukkede dem, og gik så i seng igen?"

„Ja, det er jo det, jeg siger. Så blev jeg vækket igen og gik ned, men så en mørk skygge i stuen."

„Og du er sikker på, at du tjekkede terrassedøren tidligere på natten?"

„Ja, fuldstændig. Jeg er også sikker på, at jeg låste bryggersdøren, før jeg gik i seng. Jeg er nemlig ikke meget for at være alene hjemme, forstår I."

„Vi forstår," sagde Lars og så op på Pia, der trak på skulderen. „Mangler her noget? Er der noget, der er blevet stjålet?"

„Det ved jeg ikke. Jeg har ikke set efter."

„Vil du være venlig at gøre det? Så ser vi på dørene imens." Lars gik hen til terrassedøren, åbnede den, gik ud og bad Pia om at lukke den efter ham. Få sekunder senere bad han hende om at åbne igen.

„Hvad så?" spurgte Pia.

„Der er ikke tegn på, at den har været brudt op, så den må være blevet åbnet indefra. Lad os se på bryggersdøren." Lars gik ud mod gangen, og Pia fulgte efter ham. Hun så ind mod kontoret, hvor Bodil var standset midt på gulvet. Pia ændrede kurs og gik ind til hende.

„Er der noget galt?" Pia stillede sig bag Bodil, der stirrede hen på væggen. Det sted, hun stirrede på, var tomt, men der hang en enlig skrue på væggen, og der sad en spot over skruen. Det kunne godt se ud, som om der havde hængt et billede.

Bodil gik rundt i stuen, men alt så ud, som det plejede. Så gik hun ind på Allans kontor, og straks så hun, hvad der manglede: det lille maleri, de havde fundet på et landsbyloppemarked i Frankrig og sidenhen havde fået vurderet til at være malet af en af Monets lærlinge. De var blevet tilbudt to millioner for det, men var enige om, at de ikke havde brug for pengene.

„Maleriet mangler," sagde hun stille til betjenten bag sig. Bodil pegede på væggen, hvor der nu kun hang et søm.

„Var det et særlig værdifuldt maleri?" spurgte den kvindelige betjent, som hun ikke kunne huske navnet på. Det var et kort navn, så meget kunne hun huske.

„Ja, vi har fået det vurderet til et par millioner,“ svarede Bodil og satte sig tungt ned i den lille sofa.

„Vi må nok hellere få nogle teknikere herud og støve af,“ sagde kvinden og hjalp hende tilbage til lænestolen. Allan ville blive rasende, når han så, at maleriet var væk. Kunne hun håbe på, at politiet nåede at skaffe det tilbage, inden han var hjemme fra konference? Nej, det var nok alligevel for optimistisk, selv om hun havde en fornemmelse af, at det var dygtige politifolk.

„Skal du sættes af ved sygehuset eller derhjemme?“ spurgte Lars, da han startede bilen.

Pia så på det gule hus, der så så fredeligt ud. Den stakkels kvinde havde fået sig noget af et chok, da hun opdagede, hvad der var blevet stjålet ved nattens indbrud, der havde kostet hende et voldsomt blodtab.

„Hjem ville da være noget af en omvej,“ svarede Pia og satte sig ordentligt til rette i Lars’ Passat. „Min cykel holder på stationen, så det rareste ville være, hvis du ville køre mig derhen.“

„Selvfølgelig. Bryggersdøren havde heller ikke været brudt op.“

„Så hvad tænker du?“

„Der er flere scenarier.“

„Ja, det er der vel. Hvilken er din favorit?“

„Altså, det har jeg ikke helt besluttet mig for, men hun kan have glemt at låse en af dørene.“

„Joh, det sker.“

„Måske har hun selv lukket tyven ind. Han kan have truet sig til adgang,“ spekulerede Lars og svingede ud på hovedvejen.

„Måske. Tyven kunne også have haft en nøgle. Hun sagde jo, at hun var sikker på, at hun havde låst.“

„Ja, men du ved også, at folk gerne lyver for både politiet og sig selv, hvis de er flove over, at der er noget, de burde have gjort, som de ikke har gjort.“

„Ja, men det tror jeg ikke, at hun gjorde. Jeg ved ikke... Jeg havde
en underlig fornemmelse, da jeg var i huset. Hun blev ved med at
fortælle mig, hvor ked af det hendes mand ville blive, når han
opdagede, at maleriet var væk, men jeg havde en fornemmelse af, at...
Jeg ved ikke... jeg tror, at tyven gik efter Bodil."

„På grund af knivstikkeriet?"

„Ja, måske er det derfor."

„Under alle omstændigheder har jeg tænkt mig at betragte det
som et drabsforsøg. I hvert fald indtil Ulven siger mig imod."

Pia rystede på hovedet, mens hun smilede, velvidende, at der ikke
ville gå særlig lang tid, før netop det skete.

To dage senere tog Bodil imod Allan, da han kom hjem fra konfe-
rencen. Det var kun lykkedes hende at fange ham en enkelt gang på
mobilen, og hun brød sig ikke om at fortælle ham om indbruddet
over telefonen. Hun vidste, hvor meget maleriet betød for ham. Bodil
fulgte efter ham, da han gik ind på kontoret med sin mappe.

„Jeg ville ikke fortælle dig det over telefonen, Allan."

„Fortælle mig hvad?"

„Vi har haft indbrud. De stjal maleriet." Hun pegede op på væg-
gen.

„Maleriet? Vores maleri?" Hans stemme lød underlig, men det var
nok, fordi han var så berørt over tabet. Han holdt meget af maleriet,
det vidste hun, og hun vidste også, at han ikke brød sig om at græde
foran hende. Hun tog hans hånd for at vise ham, at hun forstod, men
han rev sig løs og gik hen til sit skrivebord.

„Jeg har også noget, jeg vil fortælle dig," sagde han og vendte sig
om mod hende. „Jeg vil skilles."

„Undskyld, men jeg synes, du sagde, at du ville skilles?" Hun tog
et skridt hen imod ham. Hun havde hørt forkert. Allan ville aldrig
sige sådan noget. De havde lavet en pagt for mange år siden, da de
første af deres vennepar var blevet skilt. De var enige om, at det
aldrig skulle ske for dem, at lige meget hvad der skete, så ville de
kunne tale om det og finde en løsning. Skilsmisse var aldrig løs-

ningen.

„Du hørte mig godt, Bodil. Jeg vil skilles. Jeg elsker dig ikke mere." Han lagde armene over kors og så hen på den bare plet på væggen.

„Det passer ikke, Allan. Det ved jeg, at du gør. Er det på grund af maleriet? Det er det selvfølgelig. Du er knust over maleriet. Politiet finder det. Vi skal nok få det tilbage."

Han rystede på hovedet og gik om bag sit skrivebord, lænede sig op ad stolen.

„Nej, Bodil, det har intet med det at gøre. Jeg vil ikke mere. Jeg vil skilles. Du kan få lov at beholde huset her, jeg flytter i løbet af weekenden." Han satte sig ned og tændte sin computer.

Bodil vidste ikke, hvad hun skulle sige eller gøre. Det var det sidste, hun i sit liv havde forestillet sig, der kunne ske, når Allan kom hjem fra konferencen. Hun kunne se på ham, at han ville have hende til at gå, men hun nægtede. De måtte leve op til deres pagt, være ansvarlige og tale om det.

„Er det, fordi du har mødt en anden?"

„Nej, ja, måske. Det ved jeg ikke endnu. Jeg har ikke været dig utro, hvis det er det, du tror. Så meget vil jeg ikke give dig til skilsmissesagen."

„Skilsmissesagen? Allan, hør lige på dig selv. Jeg kan jo slet ikke kende dig."

„Der er en kvinde, jeg er interesseret i, men jeg vil ikke gøre noget ved det, før jeg er fri. Vær sød at lukke døren efter dig, når du går." Han tastede på computeren.

Var det bare det? Kunne han bare feje deres knap trediveårige ægteskab af banen på den måde? Jeg vil skilles, forsvind? Bodil satte sig i sofaen i stuen og stirrede på døren ind til kontoret. Var der noget, hun kunne have gjort anderledes? Hvad havde hun gjort forkert, der havde fået ham til at træffe et sådant valg? Var hun for meget? For lidt? For omklamrende? For klynkende? For gammel? For tyk? For tynd? Hvad var det? Hvis bare han ville sige det, så kunne hun forbedre sig.

To måneder senere sad Bodil på det tomme kontor, hendes mand havde forladt. Forsikringssummen var blevet udbetalt for maleriet. Næsten to millioner. Hun havde afleveret de fleste til Allan: Han skulle have halvdelen af erstatningen, og så brugte hun sin halvdel til at købe ham ud af huset. Hun havde to hundrede tusinde tilbage, men pengene var ikke så vigtige for hende. Hun havde fået installeret alarm i huset og tilkøbt vagt, der kørte forbi huset hver nat. Det var en god løsning, selv om hun til enhver tid ville foretrække, at hendes liv kunne være fortsat, som det var før indbruddet.

Efter en pludselig indskydelse åbnede hun sin nye computer og googlede den konference, hendes mand havde været til. Måske var der billeder, måske endda ét af ham. Bare der var noget, der kunne bringe hende klarhed. Dér var det: IT-konsulenternes årsmøde på Hotel Scandic Sydhavnen. Hun klikkede ind på linket og blev belønnet med flotte farvebilleder, program og videoer. Men det var mærkeligt, for der stod, at mødet kun varede en eftermiddag og en aften. Allan havde været væk i tre dage. Det kunne ikke være det samme, hun måtte tage fejl. Med hurtige skridt gik hun ud i køkkenet og bladrede tilbage på vægkalenderen, hvor de altid skrev deres aftaler ned. Jo, den var god nok. Det var den uge, han havde været afsted.

Det løb hende koldt ned ad ryggen, da hun igen satte sig ved computeren. Hun klikkede sig igennem alle billederne og fandt Allan på to af dem. Der var intet usædvanligt at se. På det ene sad han forrest i salen og klappede, på det andet stod han og talte sammen med tre andre. Så han havde været til konferencen, det havde han ikke løjet om, men længden havde ikke passet med realiteterne. Bodil rejste sig og traskede frem og tilbage på gulvet. Hvis han ikke havde været til konference, og han havde ikke været på arbejde – det vidste hun, for det havde hun tjekket allerede dengang, der var indbrud – hvor havde han så været? Hvis han havde løjet om konferencen, havde han så også løjet om, at han ikke havde været hende utro? Havde han været sammen med en elskerinde?

Hendes tankerække blev afbrudt, da det ringede på døren. Hun klappede computeren ned og listede hen til vinduet for at se, hvem det var. En mand på omkring hendes egen alder, pænt klædt i jakkesæt og cottoncoat, men hun havde aldrig set ham før. Han fulgtes med politikommissærAndersen, der havde besøgt hende, da hun kom hjem fra sygehuset. Hun rettede på håret og lukkede op.

„Bodil Kvist?“ sagde den nydelige, midaldrende mand.

„Ja, det er mig. Hvad kan jeg hjælpe med?“ Hun så hen på politimanden, der nikkede til hende.

„Mit navn er Hans Jensen, jeg er forsikringsefterforsker. Må jeg komme ind et øjeblik?“

„Forsikringsefterforsker? Hvad betyder det?“

„Jeg efterforsker forsikringssvindel.“

„Forsikringssvindel? Jeg forstår ikke.“

„Jeg skal nok forklare det, hvis jeg må have lov at komme indenfor?“ Han rakte hende et visitkort, hvorpå forsikringsselskabets logo stod sammen med hans navn, titel og kontaktoplysninger.

Bodil lod dem komme ind og spurgte, om hun kunne byde på en kop kaffe. Det takkede de ja til.

„Jeg har nogle spørgsmål om din mand,“ sagde forsikringsmanden.

„Vi regner med at kunne afslutte efterforskningen af drabsforsøget på dig og af røveriet, Bodil,“ sagde Lars Andersen. „Hvis du bare kan hjælpe os med at få de sidste brikker til at falde på plads. Det drejer sig om din mand, Allan Kvist.“

„Eksmand inden længe,“ sukkede hun og satte vand over på kogekanden. Det var virkelig ikke med hendes gode vilje, at de var den sidste underskrift fra at blive skilt.

„Ved du, hvor din mand bor?“

„Øh ja, Vesterbrogade. Jeg har hans adresse, lige et øjeblik.“ Hun fandt sedlen på køleskabet, hvor Allan havde skrevet sin nye adresse, da han flyttede.

„Har du besøgt ham dér?“ spurgte forsikringsmanden.

„Nej, vi ligger som sagt i skilsmisse.“

Han nikkede og takkede ja til både sukker og fløde i kaffen.

„Jeg bryder mig egentlig ikke om kaffe, skal jeg sige dig, men effekten er god nok, så med lidt sukker og fløde glider det lettere ned,“ sagde forsikringsagenten. Han tog taknemmeligt imod koppen, da hun rakte ham den. Han havde taget plads ved spisebordet og havde benyttet hendes fravær til at brede papirer ud over det meste af bordet. Politikommissæren stod og så ud i haven.

„Ja, undskyld jeg roder, men jeg vil vise dig noget. Det her er din mands adresse." Forsikringsagenten skubbede en salgsopstilling hen mod hende. Charmerende 2V'er midt i byen, stod der i overskriften.

„Ja? Jeg havde forstået, at han boede til leje, indtil skilsmissen går igennem," sagde hun.

„Det gør han også. Ser du, problemet er bare, at det er der syv andre, der også gør. På samme adresse."

„I andre lejligheder?"

„I samme lejlighed. Bodil Kvist, vi ved, at din mand ikke bor på denne adresse, og det er der heller ikke ret mange af de andre mænd, der gør. Han har beholdt sine forsikringer hos os, og fordi vi allerede kendte til lejligheden, var der et rødt flag, der begyndte at lyse i vores system, da vi modtog hans nye folkeregisteradresse. Jeg har derfor brugt lidt tid på at efterforske din mand. Det var i den forbindelse, jeg kontaktede politiet."

„Jeg forstår ikke..."

„Nej, men det lover jeg dig, at du kommer til. Ser du, Allan Kvist bor ikke på Vesterbrogade, han bor i Malmø sammen med en 37-årig kvinde, og se her." Han trak et billede frem blandt papirerne og skubbede det hen mod hende. „Kan du se, hvad der hænger på væggen?"

Bodil samlede billedet op. Det så ud, som om det var taget på lang afstand, men der var ingen tvivl om, hvad der var på billedet: det stjålne maleri.

„Maleriet? Men hvordan?"

„Det skal jeg sige dig. Mine efterforskninger fortæller, at han gennem det meste af et år har haft en affære med kvinden dér. Han har ikke ønsket, at du skulle have, hvad der tilkom dig, så han sørger for, at maleriet bliver stjålet, og wupti, så må I dele forsikringssummen, og du kan købe ham ud af huset. Han kan købe en ny lejlighed i Malmø sammen med elskerinden og stadig have maleriet hængende på sit kontor."

„Han... Men det er jo svindel." Bodil så overrasket op på betjenten. Var det Allans skyld, at hun havde følt sig utryg i sit eget hjem? Hvordan kunne han? Det var en anden Allan end ham, hun havde giftet sig med.

„Det er det nemlig. Jeg er derfor kommet for at spørge, om du vil hjælpe mig med at få ham dømt for forsikringssvindel?“

„Det kan du tro, jeg vil,“ svarede Bodil. Lige nu var der intet, hun havde mere lyst til end at lade Allan tage sin straf for det, han havde gjort. Han havde løjet og ført hende bag lyset. Nu spekulerede hun blot på, hvor meget andet han havde løjet for hende om, for det her var næppe det eneste.

„Jeg vil også informere dig om, at vi rejser tiltale mod ham for drabsforsøg,“ sagde politikommissæren og satte sig ved siden af forsikringsagenten.

„Drabsforsøg? Jamen, tror I da, at...“ Hun kunne ikke få sig selv til at sige det højt. Tanken var så utænkelig, at hun ikke en gang ville tænke den til ende. „Undskyld, jeg vil gerne have lov at være alene nu,“ sagde hun og skubbede stolen ud, så hun kunne rejse sig.

„Selvfølgelig. Vi er klar over, at det må komme som lidt af et chok. Jeg vender tilbage senere for at spørge ind til, om der har været forudgående voldelige episoder,“ sagde betjenten.

„Det behøver I ikke, for det har der ikke. Vi har haft et godt ægteskab, og Allan har aldrig lagt en hånd på mig.“ Tårerne stod på række i hendes øjne, da hun lukkede døren bag dem.

Gittemie Eriksen

Skudt

Kriminovelle

Solen stod endnu lavt på himlen denne forsommerdag, da Thomas Jespersen tog jagtriflen under armen og sin labrador Bertil med på en gåtur. Det var sæson for bukkejagt, men Thomas regnede ikke med, at han skulle have en buk med hjem i dag. Det var noget endnu større, han havde i kikkerten. Han sørgede for at parkere på rastepladsen ved landevejen, tog pungen op af lommen og lod fingeren glide hen over det slidte portrætfoto, der havde ligget i hans pung i snart fyrre år. Hendes lyse hår, smilehullet og fregnerne hen over næseryggen. Hun var ganske vist blevet ældre. Håret mere gråt end blond, de blå øjne lysere, og ansigtet mere markeret, men hun var stadig den smukkeste kvinde, han havde mødt, og han ville ikke give slip på hende. Thomas lukkede Bertil ud, og sammen gik de gennem skoven, til de kom ud på den anden side, hvor skoven blev skåret igennem af en løbesti. Han så på sit ur: Jo, det passede fint. Der burde endnu være en fem minutters tid, til byttet kom forbi.

En solstråle fangede noget metal et stykke inde i skoven. En efterladt cykel. Sikkert stjålet. Det var nok nogle af de uvorne unger inde fra byen. De havde ikke forstand på, hvad der var dit og mit. Ligesom ham Flemming. Thomas fnyste ved tanken og så sig omkring i lysningen, men kunne ikke få øje på andre. Han var alene med Bertil og sin riffel, så han satte sig ind i krattet og fandt en gren at hvile sin arm på.

Få sekunder senere kom en smuk buk springende frem fra den modsatte side af stien. Den stod helt stille og lod de gyldne solstråler kærtegne sin blanke pels. Den stod stille et øjeblik, som om den lyttede, drejede så hovedet og så Thomas direkte i øjnene. De store, brune øjne stille og afventende. Så hørte han det. Den pustende vejrtrækning, de rytmiske gummisåler mod asfalt. Han så stadig bukken i øjnene, men dens blik havde ændret sig. Den var på randen til at springe. Det var nu eller aldrig. Måske ville den nå at løbe væk. Han var tæt på bukken, tæt på stien, tæt på...

Skuddet bragede gennem den stille morgenluft. Et skrig, et forsøg på et spring. Kroppe blæst tilbage mod jorden af styrken fra projektilet. Bertil afventede utålmodigt sin kommando, et vink med hånden, og han var fremme ved byttet. Der var to nedskudte på jorden foran Thomas.

Han så sig nervøst omkring, følte, at han blev iagttaget, men kunne ikke få øje på andre vidner end den nu fuldt opståede sol og et par fugle i brombærkrattet. Han bukkede sig over liget på stien. Holdt hånden hen over mund og næse, men der var ingen vejrtrækning. De mørke øjne stirrede tomt op i luften, ansigtet og det gråsprængte hår endnu svedigt. Han havde ladet jagtriflen ligge ved træet, men havde lyst til at sætte den mod mandens tinding og fyre den af igen. Ødelægge og udslette. Han skulle ikke have lov til at være et kønt lig. Projektilet var gået direkte igennem brystkassen og havde også ramt bukken. Thomas kunne ikke dy sig, så han gav manden en lussing på den stadig varme kind og rettede sig tilfreds op med armene over hovedet og et lille sejrsråb. Så fiskede han sin mobil op af lommen og ringede 112. Mens han ventede på at komme igennem, syntes han, at han hørte en svag puslen i krattet lidt længere henne, sikkert en hare eller en fugl. Bertil knurrede.

Der holdt allerede en blinkende ambulance, to patruljevogne og Lars' Passat, da Pia parkerede bilen og sprang ud, spændt på, hvad hun ville møde denne gang. Lars havde fortalt hende, at det var en kondiløber, så det var sandsynligvis bare et hjertetilfælde. Det skete, når folk blev overmodige og troede, at de skulle træne til maraton, selv om de først var begyndt at løbe for kort tid siden og i øvrigt ellers sjældent løftede røven fra kontorstolen på arbejdet. Hun forventede, at det hurtigt var overstået, for hun havde interessante ting, der ventede i laboratoriet. En stor medicinalvirksomhed havde henvendt sig til hende, fordi den var interesseret i hendes forskning.

Da hun kom tættere på, kunne hun se, at en mand lå på stien sammen med et rådyr. Det var ikke et syn, hun havde set før.

„Hvad sker der?" spurgte hun, da hun klemte sig imellem to betjente.

„Hej Pia, godt du kunne komme så hurtigt," sagde Lars og kom hen imod hende. „Der er tale om et vådeskud. Manden dér," han nikkede over mod en midaldrende mand, der sad bag i ambulancen med et choktæppe om sig. „Han skød efter rådyret, og så løb kondiløberen lige ind foran, så han ramte dem begge."

Pia rynkede panden og så hen mod manden og ned på den dræbte. „Er det, hvad han siger?"

„Ja."

„Hmm, det er noget af et fantastisk skud, hvis det er sandt."

„Ja, virkelig uheldigt," sagde Lars.

Pia lagde sig på knæ ved siden af den dræbte og begyndte at undersøge ham, mens hun skulede over på manden i ambulancen, som hun kunne mærke holdt øje med hende.

En halv time senere var stien afspærret og fuld af blinkende lygter og uniformerede mennesker, der vidste nøjagtigt, hvad de skulle gøre. Thomas sad med et tæppe om sig og stirrede over på teknikerne, der havde travlt med at sikre spor. De havde fundet et cigaretskod, men det betød intet for Thomas' forklaring, som en ung betjent allerede havde taget. Nu ventede han på kriminalbetjenten, der skulle udspørge ham endnu en gang. Den høje betjent, der ikke bar uniform, kom hen imod ham.

„Dav, Thomas. Jeg er politikommissær Lars Andersen. Jeg skal lige stille dig et par spørgsmål, før du får lov at tage hjem."

Thomas nikkede. Han havde ikke regnet med, at det ville tage så lang tid. Han var både sulten, tørstig og træt af at vente.

„Jeg forsøger at forstå, hvad der skete," sagde Lars Andersen. „Du var taget herud tidligt i morges for at gå på jagt?"

„Ja, det er korrekt."

„Gør du tit det?"

„Går på jagt? Ja, det hænder da. Når jeg synes, vejret er til det. Det er jo lige så meget for at nyde naturen."

„Naturen? Javel, ja. Så du lagde an til at skyde den flotte buk, men så ikke, at der var en kondiløber på vej?"

„Nej, jeg havde ikke set kondiløberen. Solen var ved at stå op, så der var modlys, når jeg så ned ad stien.“

„Havde du øjenkontakt med bukken?“

„Ja, jeg havde kontakt med bukken, og det var den, jeg skød efter.“

„Det var et utroligt skud.“

„Ja, det var et utrolig heldigt, eller hvad man nu skal kalde det, skud. Ja, nok mest uheldigt.“

„Kender du manden?“

„Nej, jeg aner ikke, hvem manden er.“

„Siger navnet Flemming Trulstrup dig noget?“

„Nej, navnet Flemming Trulstrup siger mig ikke umiddelbart noget.“

„Godt, tak for din hjælp. Vi kontakter dig, hvis vi har brug for yderligere,“ sagde Lars Andersen.

„Er det muligt at få bukken med hjem?“

„Nej, den er bevismateriale.“

„Nå, ikke.“

„Men du kan hente den hos Falck senere i dag.“

„Ja, det kan jeg godt.“

„Du slipper for denne gang. Tag det nu lidt med ro resten af dagen,“ sagde politikommissæren og klappede Thomas på skulderen.

„Ja, jeg kører hjem og tager det stille og roligt i dag.“

„Er din kone hjemme, når du kommer hjem? Eller en anden, der kan pusle lidt om dig i dag?“

„Jo, jeg regner da med, at min kone er hjemme.“ Det var sværere, end han havde forventet, men han syntes alligevel, at det gik meget godt.

Thomas åndede lettet op, da han endelig fik lov til at gå tilbage gennem skoven sammen med Bertil. Riflen havde politiet beslaglagt. De skulle sikre sig, at det dræbende skud kom fra netop denne riffel. Han var blevet slået lidt ud af den, da han havde set, hvor mange mennesker han havde sat i arbejde denne morgen, men han havde hurtigt genvundet fatningen.

Det var det perfekte mord. Han fattede ikke, at der ikke var andre, der var kommet på det, men det var der måske også. Hvis det var det perfekte mord, ville man jo netop ikke høre om det, vel?

Tilfreds med sig selv og sin indsats kørte Thomas hjem og smurte sig et par højtbelagte madder til frokost. Bertil fik lov at slikke leverpostejsbakken for de sidste rester. Nu skulle han bare vente på, at Tine ringede. Han faldt hen i minder, da han fik øje på deres bryllupsfoto på reolen. De havde så mange gode minder sammen. De seneste måneder havde en tanke oftere og oftere trængt sig på: Havde han værdsat det nok, mens de havde hinanden? Han slog tanken hen og satte sig i sin stol med maden på en bakke. Alt gik efter planen, selv om det nærmest var ærgerligt, at han aldrig kunne fortælle nogen, hvad han havde gjort. Bertil var færdig med stanniolbakken og havde lagt sig i sin kurv, men han blev ved med at se på Thomas, som om han bebrejdede ham noget.

„Hold nu op, Bertil. Du fik da leverpostejen, så burde du være glad. Alt går, som det skal. Alt bliver godt igen, når Tine kommer hjem. Du savner også Tine, ikke sandt?" Thomas lænede sig tilbage i lænestolen og tændte for News. Måske ville de nævne det? Nej, de ville jo ikke vide, at det ikke var uagtsomt. Thomas havde læst i nyhederne for noget tid siden, at en jæger var blevet frikendt for at have dræbt en mand på grund af et vådeskud. Hvis han var blevet dømt, havde det handlet om nogle dagbøder, ikke fængsel. Nyheden havde fået ham til at lægge en plan. En plan, der skulle få hans Tine og den gode hverdag, han holdt så meget af, tilbage.

Det var et rutinebesøg, men det gjorde det ikke mere behageligt. Lars vænnede sig aldrig til at overbringe pårørende de ubehagelige nyheder, når deres nære var blevet dræbt, uanset om det skyldtes en trafikulykke, drab eller selvmord. Lars så over på kvinden foran sig, mens hun trak papirservietter op af boksen.

„Det gør mig ondt. Har I været sammen længe?"

„Nej, kun et halvt år, men han... var... min... soulmate," hulkede hun.

„Det er jeg virkelig ked af. Er der nogen, du kan ringe til, som kan være hos dig her den første tid?"

Hun så eftertænksomt ud i luften og nikkede så.

„Godt. I morgen skal vi tale sammen, men nu skal du lige fordøje, hvad der er sket." Lars rejste sig op, fandt et glas i et køkkenskab og fyldte det halvt op med vand. Han satte glasset foran hende og tilskyndede hende til at drikke. „Du vil få det bedre," sagde han, mens han funderede over, om han skulle sætte Leif eller Ulla på opgaven med at få hendes baggrundshistorie. Der var ikke så mange folk i afdelingen på grund af andre opgaver. Det kunne også være, at han bare skulle gøre efterforskningen færdig selv. Det var godt at holde evnerne ved lige. Det sidste i verden, han ønskede, var at blive til en skrivebordsbetjent, så han måtte holde sig i gang, holde hjernen skarp.

Med bankende hjerte vågnede Thomas i lænestolen og så sig forvirret omkring. Der gik nogle sekunder, før det gik op for ham, at han sad hjemme i sin stue, og at det var mobilen, der havde vækket ham. Han rømmede sig, da han så, hvem det var, og forsøgte at lyde almindelig, da han tog telefonen.

„Hej Tine. Hvordan går det?" Thomas kunne ikke høre andet end en hulken i røret. Han mærkede maven knuge sig sammen; nu var det vigtigt, at han bevarede fatningen. Han havde øvet sig på denne samtale så mange gange. Det var vigtigt, at han ikke virkede for ivrig. Det skete hurtigere, end han havde forventet, men det ville han ikke klage over.

„Hvad sker der, Tine? Er du kommet noget til?" Den lette dirren i hans stemme ville hun næppe bemærke midt i al sin sorg.

„Nej...ja," græd hun. Det lød, som om hun tørrede næsen. „Det er Flemming. Han er død. Politiet har lige været her. Han er død, Thomas."

Thomas skulle lige til at sige, at det var han ked af, men han nåede det ikke, før hun grådkvalt fortsatte:

„Han er blevet skudt. Det er så frygteligt. Nu er jeg helt alene."

„Nårh, men dog. Du ved da, at du altid er velkommen her." Han så over på bryllupsbilledet. Tænkte på duften af frikadeller, hendes nynnen i badet, og hendes hoved mod hans bryst. Der blev stille et øjeblik i den anden ende, før hun svarede:

„Mener du virkelig det, Thomas? Jeg vil ikke trænge mig på, men jeg har bare ikke lyst til at være alene lige nu." Hendes stemme knækkede og blev spinkel. Hans elskede Tine. Alt ville blive godt igen. Hun ville snart have glemt alt om den parentes i sit liv, som Flemming havde været. Hun ville være tilbage hos Thomas, dér, hvor hun hørte til. De ville blive lykkelige igen. Han følte sig allerede en smule mere lykkelig bare af at høre hendes stemme i telefonen. At vide, at hun havde brug for ham. Lige nu var han den eneste, der kunne trøste hende.

„Det er da stadig dit hjem," svarede Thomas og bed sig i læben for ikke at smile så meget, at det kunne høres på hans stemme. „Skal jeg hente dig?"

„Åh ja, vil du virkelig det, Thomas? Det er bare... vi har jo kendt hinanden i så mange år, at du stadig er min bedste ven. Jeg ved ikke, hvem jeg ellers..." snøftede Tine. Han så for sig, hvordan tårerne måtte løbe ned ad hendes kinder og farve dem røde.

„Det skal du ikke tænke på. Nu tager jeg Bertil med ud i bilen, og så kommer vi og henter dig. Vi er der om et kvarter." Han skyndte sig at lægge på, før hun kunne nå at sige nej. Han så over på Bertil, der havde rejst sig op i kurven, sikker på, at der skulle ske noget nu. „Dér kan du bare se, gamle dreng. Fars plan virker." Bertil så ikke overbevist ud.

Lars lod sig falde tungt ned på stolen ved mødebordet og rakte ud efter kaffen. Han skænkede en kop, mens han iagttog sine medarbejdere sive ind.

„Godmorgen folkens. Godt at se jer. Tag jer noget kaffe, så vi kan komme i gang." Han lænede sig tilbage og så over på Ulla. Hun var en dygtig betjent.

„Godt, Britt kommer lige om lidt. Jeg har brug for, at vi tager en runde, så vi kan høre, hvad I hver især er i gang med. Ulla, vil du ikke starte?"

Ulla nikkede og så så hen mod døren, hvor Britt i det samme kom til syne.

„Lars, der er en kvinde, der spørger efter dig. En Karen Mortensen. Hun siger, det er vigtigt."

„I telefonen?"

„Nej, hun står herude."

„Godt, lad mig høre, hvad hun har at fortælle. Folkens, vi udskyder mødet en halv time. Tænk lige over, hvad I har liggende, imens," sagde Lars og fulgte efter Britt ud i forkontoret. Han rakte hånden frem mod den midaldrende kvinde, der stod og læste nogle beskeder på opslagstavlen.

„Dav. Mit navn er Lars Andersen, politikommissær. Hvad kan jeg hjælpe dig med?"

„Du var ude i skoven i går." Det lød ikke som et spørgsmål, snarere som en konstatering. „Det var jeg også," sagde hun.

Tine havde grædt sig i søvn om aftenen, og al hendes gråd var ved at gå ham på nerverne. Hvordan kunne hun blive ved med at tude over den nar til Flemming? Han havde ikke fortjent alle de tårer, hun græd for ham. De havde jo blot været sammen i et par måneder. En uskyldig flirt, havde han først troet, det var, da hun kom hjem og fortalte om ham. „Jeg er forelsket," sagde hun. Det var kommet bag på ham. Kunne man overhovedet forelske sig i deres alder? Var det ikke sådan noget, der var forbeholdt teenagere?

Han havde troet, at hun hurtigt ville slå det ud af hovedet. Man vidste jo, hvad man havde, og hvordan kunne hun vende ryggen til mere end femogtyve års ægteskab? Det gjorde man da ikke bare, fordi man fik en lækker, ny kollega, der var god til at lytte. Ja, Thomas havde i hvert fald ikke troet det, før han en dag var kommet hjem til et hus fuldt af kufferter og flyttekasser. „Jeg flytter over til Flemming. Jeg kommer forbi med skilsmissepapirerne en af dagene," havde hun sagt, og så var hun væk.

Da han samme aften havde opdaget, at hendes natkjole stadig lå under dynen i sengen, var han overbevist om, at hun snart ville komme tilbage, at det hele var en ond drøm, der ville gå væk af sig selv, men nej. Der måtte skrappere midler til at få hans kone tilbage. De var alt for gamle til sådan at lave om på deres liv; det måtte hun da også have indset.

Han havde været tidligt oppe og købe ind til morgenmad. Han vidste ikke, hvorfor han slet ikke havde tænkt på det noget før, men heldigvis sov Tine længe. Der duftede af kaffe og ristet brød i hele huset, da hun kom ud fra soveværelset iført samme sæt joggingtøj, som hun var gået i seng med i aftes.

„Har du sovet godt?" Han forsøgte at skjule begejstringen over at have hende hjemme.

Hun rystede blot på hovedet og satte sig til bords. Han hældte kaffe op til hende og skubbede smørret hen til hende, da han hørte en bil ude på vejen. Det måtte være posten, tænkte han og løftede fingeren mod Bertil, der lige skulle til at gø. Han lagde et stykke brød på sin tallerken og rakte brødkurven til Tine, men hun rystede igen på hovedet. Hvor længe havde hun mon tænkt sig at fortsætte med det pjat?

De lettede begge fra stolene, da dørklokken ringede. Nu kunne han også høre stemmer ved hoveddøren. Måske havde posten en pakke med. Han syntes bare ikke, han havde bestilt noget. Tine så søgende op på ham, som ville hun spørge, hvem det var. Han trak på skulderen og gik ud til døren. Allerede i omridset gennem de blyindfattede ruder kunne han se, at det var et par betjente. Nå, de ville vel spørge til noget, eller måske skulle endnu en aspirant tage hans forklaring. Irriteret åbnede han døren på vid gab og spurgte, hvad de ville.

„Dav. Er det Thomas Jespersen?" Han havde ikke set kvinden foran sig før, men hans makker lignede én, der havde været på skovstien dagen før. Måske var det ham, han havde talt med.

„Ja. Hvad nu?" Thomas skulede over mod køkkendøren, hvor Tine nu var kommet til syne.

„Er det til mig? Har I nyt om Flemming?" spurgte hun og stillede sig ved siden af Thomas i døråbningen.

„Øh, fru Jespersen?" sagde den unge betjent og så forvirret på sin kollega, der trådte op på trappetrinet. De så et kort øjeblik på hinanden, som var de slået midlertidigt ud af kurs, men den ældre kollega genvandt hurtigt fatningen og så på sit ur.

„Thomas Jespersen, klokken er nu 10.06, og du er anholdt for manddrab på Flemming Trulstrup."

Tine skreg, så de alle så på hende. Hun hamrede på Thomas' bryst og ruskede i ham.

„Var det dig? Har du dræbt den eneste mand, jeg nogensinde har elsket? Var det dig?" Hun skreg igen.

„Bare rolig," sagde Thomas og gik frem mod betjentene for at lade dem tage ham med. „Det er kun en formssag. Det var bare et vådeskud. Jeg kommer ikke i fængsel eller noget."

Den ældre betjent lo, og Thomas så vredt op på ham. Hvor vovede han at grine ad ham? Han var intet mindre end et geni. Det var lige før, han overvejede at fortælle betjentene, hvordan han havde gjort det. Måske skulle han gøre det, så utaknemmeligt som Tine opførte sig.

„Dér tror jeg, du tager meget fejl, makker." Betjenten klikkede håndjernene om håndleddene på Thomas, før han fortsatte: „Har du ikke hørt, at der var et vidne til dit lille mordkomplot?"

„Hva'? Hvad mener du?"

„Så du ikke fugleudkigsposten tyve meter fra, hvor Flemming Trulstrup blev fundet?"

„Fugleudkigspost?" Thomas var slet ikke med. Det var en øde skovsti, der var ingen andre. Det måtte være en fælde for at få ham til at indrømme. Godt, han ikke var brast ud med sandheden, fordi Tine havde tirret ham.

„Det er muligt, at du har undersøgt, hvilken rute din ekskones kæreste løber hver morgen, men du glemte at undersøge, om der var andre, der elskede at nyde skoven i de stille morgentimer."

„Så du dræbte ham? Du dræbte Flemming?" Tine så mere vred end lettet ud. Han forstod det ikke. Hvor blev hendes taknemmelighed af? Hvorfor faldt hun ham ikke om halsen og sagde, at de nok skulle klare alt, når bare de havde hinanden? Det var jo ikke sådan her, det skulle være.

„Du vidste åbenbart ikke, at Karen Mortensen et par gange om ugen cyklede ud til udkigsposten i skoven og så på fugle i solopgangen. Hun så det hele. Hun så, at du slog ofret i hovedet. Hun så din sejrsdans. Du kan opføre den for de andre indsatte i fængslet, for du kommer til at være der i mange år."

„Jamen, jeg ville jo bare have, at alt skulle være som før," jamrede han og så på Tine med et sidste håb om at se tårer i hendes øjne. Tårer for ham. Men hendes blik var hårdt, og armene korslagte. Han havde mistet hende, det vidste han i det øjeblik. Hvis han dog bare havde opdaget det noget før.

Gittemie Eriksen

Stalket

Kriminovelle

Alt var frodigt og blomstrende, da Jette overvejede at begynde at date igen.

„Du har været alene længe nok. Hvornår er det din tur til at leve livet igen?“ havde veninden sagt til hende, da hun havde givet hende et årsabonnement til en datingside i fødselsdagsgave.

Tanken om at finde en kæreste på internettet var hende meget fjern. En ny bluse eller måske endda en ny sofa kunne hun til nøds forstå, at man kunne finde på internettet, hvor udvalget var større end i de lokale butikker. Men en mand, når kemien var altafgørende; det havde hun meget svært ved at forstå.

„Prøv det nu,“ sagde veninden. „Hvad er det værste, der kan ske?“

Ja, hvad var egentlig det værste, der kunne ske? Hvad var det, hun var så bange for? Der kunne vel ikke findes så mange datingsider, hvis deres brugere blev snigmyrdet, hver gang de mødte en fremmed mand.

Jette nedskrev hjemmesideadressen og koderne fra det fine kort, som veninden havde givet hende. Log ind, stod der midt på siden. Hun skrev brugernavn og adgangskode fra kortet: *eventyrprinsessen* og *jegerhot2020*. Hun kunne ikke lade være med at smile ad venindens tossede påfund, og hun måtte indrømme, at hun havde en smule sommerfugle i maven ved tanken om at møde en mand efter al den tid alene.

Der gik et lille sekund, så blev hun mødt af et billede af sig selv. Hovedet på skrå og et stort smil til fotografen. Der stod tydeligvis én ved siden af hende, som var blevet klippet væk. Det var et billede fra venindens halvtredsårs fødselsdag, hvor hun stod sammen med venindens mor, så vidt hun huskede. Under billedet stod: Jeg er muligvis halvvejs i livet, men kun lige begyndt at have det sjovt. Når hun klikkede på sin profil, kom hun ind til en side, hvor der var flere billeder. Alle var billeder, som veninden havde taget af hende de sidste par år. Hun smilede stort set på dem alle. Der stod flere oplysninger om hende, og ingen af dem var direkte forkerte, men hun syntes, veninden havde pyntet lidt på det. Det virkede ikke som hende, når hun så på siden.

En time senere havde hun klikket hist og her på forskellige profiler, men der var ingen, hun havde lyst til at lære nærmere at kende. De skrev alle det samme, variationer af: en kvinde til hygge og kærligt samvær. Hun rystede på hovedet og lukkede browseren ned. Det var helt sikkert ikke noget for hende.

I stedet gik hun en tur ud i haven med græssaksen og klippede kanter. Kort tid efter lå hun på knæ i græsset og tænkte på, hvor hyggeligt det havde været, dengang hun og Jens havde arbejdet side om side i haven. Haven var deres fælles projekt. De kunne få hele weekender til at gå med at nusse i haven.

Kroppen var godt brugt, da hun smed sig på sofaen efter aftensmaden, og uden rigtig at tænke over det sad hun med computeren på skødet og klikkede rundt inde i datingportalen. Der var kommet fem beskeder til hende. Hun læste dem. De var alle fra mænd, der ville have kontakt med hende. Hun klikkede ind på deres profiler én efter én, men takkede nej til de fire af dem.

Der var noget ved den sidste, noget ved måden, hans øjne så på hende på, måske havde hun mødt ham før? Hun læste på hans profil. Han virkede som et rart menneske. Paramediciner, fraskilt på fjerde år og frivillig i et herberg. Hun klikkede godkend og så endnu en gang hans billeder igennem. Et par af hans billeder så også ud, som om han stod med armen om en anden, der var blevet klippet ud. Der var også ét, hvor han læssede poser med tøj af en lastbil, ét, hvor han var i uniform, og ét, hvor han gik på en strand med solbriller på. Hun kunne godt forestille sig at gå på den strand sammen med ham. Hånd i hånd. Hun klikkede og godkendte hans anmodning om kontakt.

Hej Jette. Du ser sød ud på billederne, skrev han straks.

Først blev hun smigret, men så kom hun i tanke om, at hendes navn ikke var synligt endnu. Hun kunne heller ikke se hans navn, så hvor kendte han hendes fra? Var det én, hun havde mødt?

Hej, jeg ved ikke, hvad jeg skal kalde dig. Hvor kender du mit navn fra?

Hun ventede tålmodigt, mens den lille cirkel snurrede rundt ud for beskeden. Endelig blev den grøn, så hun kunne læse hans svar.

Jeg slog din mand ihjel.

Jette udstødte et lille skrig, da hun læste beskeden. Hvad var det her for noget? Hun så sig omkring i stuen, men hun var jo helt alene, så der var ingen, der kunne fortælle hende, om hun var ved at blive skør, eller om hun virkelig læste rigtigt.

Min mand døde i en færdselsulykke, skrev hun tilbage. Han måtte jo lave sjov. En mærkelig form for humor, men alligevel.

Jeg slog din mand ihjel. Næste gang er det din tur.

Hun stirrede på de selvlysende, hvide bogstaver på den mørke baggrund, klappede forskrækket skærmen ned på computeren og rejste sig op. Hvad var det for noget?

Jette syntes, hun hørte en lyd ved døren. Hun løb ud gennem køkkenet og ud til hoveddøren, men den var låst. Bagdøren! Den var sjældent låst. Hun løb tilbage gennem køkkenet og ud i bryggerset for at låse døren. Hun lænede sig lettet op ad døren, men kom så i tanke om, at vinduet stod åbent oppe i badeværelset og i soveværelset. Hun løb op ad trappen og lukkede begge vinduer. Bruseforhænget blafrede, og hun skreg. Efter et par sekunder fik hun taget mod til sig og set bag forhænget, men det havde bare været vinden fra vinduet, da hun lukkede det.

På én gang lettet og bange faldt hun sammen op ad badekarret og gled ned på gulvet, hvor hun begyndte at hulke. Hvorfor havde hun også ladet sig overtale til at gå ind på den datingside? Det var en unaturlig måde at møde folk på. I det virkelige liv kunne hun bedre bedømme folk, følte hun.

Trappen knirkede mere end den plejede, syntes hun, da hun listede ned ad trappen for at slukke lyset. Hun tjekkede igen, at dørene var låst, fandt sin mobiltelefon og gik op i seng. Hun sov ikke mange minutter den nat.

Da Jette kom hjem fra arbejde om mandagen, var episoden med datingportalen ikke det første, hun tænkte på, for hun havde taget posten med ind og var gal over, at hun havde fået en fartbøde. Da der kort tid efter kom et bud med en stor buket hvide roser til hende, blev hun først glad. Hun takkede buddet og lagde buketten ind på køkkenbordet, så hun kunne få den ud af folien. Der var også et kort med. Hun åbnede det begejstret og læste den snørklede skrift:

Hvide roser er smukkest på din grav.

Hun kastede kortet fra sig og stirrede frygtsomt på de langstilkede roser.

„Jeg ringer til politiet," sagde hun højt til sig selv, ledte efter sin mobiltelefon og standsede så med fingeren på tasterne. Hvad skulle hun sige til betjenten? Han ville grine ad hende. Det var jo tosset, det her. Hendes mand var ikke blevet dræbt af en anden mand. Han var kørt galt. Det var et hændeligt uheld af den slags, der skete flere hundrede af om året i Danmark. Hvorfor lod hun en fremmed, hun ikke kendte, så tvivl om de ting, hun vidste? Det var for åndssvagt. Hun gik ud til roserne og overvejede at smide dem ud, men besluttede sig for at sætte dem i en vase. Det var jo ikke blomsternes skyld, de fejlede intet, og hun kunne godt lide hvide roser. Faktisk ville hun gå ud i haven og finde nogle flere blomster at blande dem med i en endnu større buket.

Hun satte sig ved spisebordet med en kop kaffe og en ristet bolle og åbnede computeren. Hun kunne lige så godt få betalt den fartbøde, før hun lavede aftensmad. Hun åbnede netbank, bandede over, at politiet var alle vegne, og loggede ind med Nem-id, da en boks kom frem på skærmen. Først tænkte hun, at det måtte have noget med banken at gøre, men så læste hun, hvad der stod.

Hej Jette. Smuk buket.

Hun så sig omkring i stuen. Buketten med de hvide roser var nu pyntet med violette syrener og lysegule roser, men det vidste han selvfølgelig ikke, for hun var ikke i tvivl om, hvem det var, der skrev til hende: manden fra datingsiden.

Febrilsk klikkede hun ind på datingportalen for at se, om der var noget med at slå automatiske beskeder fra, men det stod der intet om på portalen. Faktisk stod der, at hun kun kunne kommunikere med de andre brugere, hvis hun var logget ind på siden. Hun var meget omhyggelig med at logge ud af siden og lukke browservinduet ned, før hun igen loggede ind i netbank. Endnu en gang poppede en besked op og forstyrrede hende:

De gule og lilla blomster ser flotte ud sammen med de hvide roser, men på din grav foretrækker jeg roserne alene.

Hun sprang op, så spisestuestolen væltede. Hvordan kunne han vide, at hun havde sat andre blomster i buketten? Hun løb ud til døren og sikrede sig, at den var låst. Bagdøren ligeså, og satte alarmen til. Så trak hun alle gardiner for vinduerne, for hun kunne ikke udelukke, at han kunne være gået forbi og have set ind ad vinduerne.

Computeren var gået på vågeblus, da hun kom tilbage, men i det samme lyste skærmen op med en ny besked:

Jeg er her stadig. Du kan ikke lukke mig ude.

Hun trak ledningen ud af computeren, men kom i tanke om, at internetforbindelsen var trådløs, så hun åbnede skabet og trak alle ledningerne ud af routeren. Hun så på buketten og besluttede sig for at fjerne den. Hun turde ikke låse døren op og gå ud med den i kompostbeholderen, så hun stillede den i stedet ud i bryggerset. Hun havde måske set for mange spionfilm, men hun kunne levende forestille sig en mikrofon eller måske endda et kamera på en af roserne, selv om hun ikke kunne forestille sig, hvorfor nogen skulle gøre sig et sådant besvær. Hun var hverken regeringsleder eller oliemillionær. Der var ingen hemmeligheder i hendes liv. Faktisk var hendes liv et af de mest kedelige, hun kendte til. De fleste dage i faste rutiner.

Hun travede hvileløst omkring hele aftenen, mens hun spekulerede over, hvad hun skulle gøre. Skulle hun ringe til politiet? Til en veninde? Måske til sønnen? Han havde lidt forstand på computere, men så blev hun nødt til at fortælle ham, hvad det handlede om, og det ville hun ikke bryde sig om.

Hun kunne ikke samle sig sammen til at lave aftensmad, så hun tog en portion yoghurt med müsli og satte sig ind foran fjernsynet for at se Nyhederne.

Jette måtte være faldet i søvn, for hun vågnede med et sæt af en voldsom, alarmerende lyd og opdagede, at det var tyverialarmen. Da hun kom på benene, var det ikke så meget lyden af alarmen, der foruroligede hende, som tanken om, hvad der havde sat den i gang. Hun tog sin mobil og ringede til alarmselskabet.

„Der er nogen, der er ved at bryde ind."

„Der er allerede en vagt på vej," sagde stemmen i røret.

„Godt, tak." Hun lagde på og satte sig i sofaen med benene oppe under sig, helt op ad armlænet, og ventede. Der var ikke meget andet, hun kunne gøre. Hendes mand havde været pacifist, så der var ingen våben i huset. Ellers ville hun have bevæbnet sig.

Vagten gennemgik døre, vinduer og hele huset uden at finde nogen tegn på indbrud. Han kontrollerede også hendes alarm og sagde, at han kunne se, at den var aktiveret elektronisk.

„Hvad betyder det? At den er aktiveret elektronisk?"

„Den er koblet til din wifi, så du kan se, om alarmen går, selv om du ikke er hjemme. Har du ved en fejl fået aktiveret den via appen på din mobiltelefon?"

„Nej, det har jeg helt sikkert ikke," svarede hun. „Jeg ville ikke ane, hvordan jeg skulle gøre det, og desuden sov jeg, da alarmen gik."

Det forstod han intet af, men han opfordrede hende til at tænde for routeren igen, og fortsatte så på sin rute.

Hun besluttede sig for at gå i seng. Det var for tosset at få ødelagt sin nattesøvn på grund af en helt irrationel frygt. Hun havde en alarm, og hun var lige blevet mindet om, at den fungerede. Hun kunne trygt lægge sig til at sove.

Jette slukkede lyset, gik op og børstede tænder, før hun lagde sig i seng. Hun følte sig stadig træt, men kunne ikke rigtig falde til ro. Hun talte får og måtte være nået til mindst tusind, før det lykkedes hende at falde i søvn. Men hun fik ikke mange timers søvn, før hun igen blev vækket af alarmen. Hun talte endnu en gang med alarmcentralen, vagten tjekkede hendes hus, og hun gik i seng igen. Da det gentog sig fjerde gang, nulstillede alarmcentralen hendes alarm, uden at der kom en vagt ud. Hun undskyldte mange gange og lovede at ringe til kundeservice i åbningstiden, så hun kunne få en reparatør ud.

Udmattet gik hun i bad. Det kunne ikke betale sig at gå i seng igen, hun skulle være på arbejde om halvanden time. Hun stod under bruseren, da alarmen gik igen. Hun bandede for sig selv og skyndte sig at skylle sæben af, da den stoppede igen. Det var sikkert alarmcentralen, der havde nulstillet alarmen af sig selv. Hun klædte sig på og gik ned for at lave morgenmad. Hun var godt sulten efter alt det natterenderi og det lille måltid aftenen før.

Hun nynnede, da hun satte kaffe over, men stivnede, da hun så en skikkelse ude i haven. Den stod midt på græsplænen og så på hende. I det samme ringede hendes mobil. Hun famlede efter den, tabte den og fik den vendt rigtigt igen.

„Ja? Hallo?“

„Hej Jette. Lukker du mig ind?“ Hun genkendte ikke stemmen, der lød forvrænget. Hun lagde på og ringede til politiet, mens hun så skikkelsen komme tættere og tættere på bryggersdøren. Med mobilen til øret løb hun ud og kontrollerede, at døren stadig var låst. Hun kunne høre skridt på terrassen.

„Politiet, hvad kan vi hjælpe dig med?“

„Hjælp! Der er en mand, der vil dræbe mig. Han forsøger at bryde ind. Hjælp mig.“

„Vi har en patrulje i området. Den kan være der inden for fem minutter.“

Hun skreg, da det hamrede på døren. Det lød voldsomt, døren ville give efter, hvis han fortsatte, det var hun ikke i tvivl om.

„Luk mig ind, Jette. Vi ved begge, at jeg alligevel er inde lige om lidt,“ råbte han, før han sparkede videre på døren.

Hun kunne se hængslerne give efter, og pludselig væltede døren ind. Hun skreg og løb ind i køkkenet, smækkede døren i hovedet på ham og satte en stol i klemme i håndtaget. Den ydede dog ikke meget modstand for ham. Hun løb ind i stuen og trak spisebordet for døren, men han var hurtigt ude gennem gangen og kom ind ad døren i den anden ende af stuen. Hun var fanget. Det var ude med hende.

„Hvad vil du mig? Hvad har jeg gjort dig?“ Hun tænkte på sin søn og på, at han snart ville blive forældreløs, men også på, at hun snart ville slutte sig til sin mand i himlen. Hun lod sig glide ned i hjørnet mellem skænken og væggen, lukkede øjnene og ventede på sin skæbne.

Hun turde ikke se op, da hun hørte et brag og nogle lyde, hun ikke kunne identificere. Så råben og håndgemæng.

„Det er overstået nu," sagde en stemme foran hende.

Hun åbnede forsigtigt øjnene og så en kvinde foran sig. Det var en kvindelig betjent med kort, mørkt hår. Hun rakte hende en hånd og fik hende på benene.

„Hej. Jeg er politiassistent Ulla Larsen. Min makker har taget gerningsmanden med ud i bilen. Er du i stand til at fortælle, hvad der er sket, eller skal vi komme tilbage senere?"

„Øh, jeg..." hviskede Jette.

„Du er ikke den første, han har chikaneret. Hvor længe har han stalket dig?"

„Stalket? Øh... kun et par dage..."

„Vi har været på udkig efter ham længe, men han er smart. Han kan noget med computere. Han finder enlige kvinder og jager dem en skræk i livet. Følger dem via deres webcam på computeren. Han skulle hellere kaste sig over bungy jump. Nå, men nu har vi da taget ham på fersk gerning, så nu kan han ikke slippe uden om straf."

„Ville han dræbe mig?"

„Nej, sandsynligvis ikke. Bare more sig."

Aldrig havde hun været så glad for, at der fandtes politibetjente.